Mark Scheppert

Horst Schubert

Alles ganz simpel

Bibliografische Information der Deutschen Bibliothek:
Die Deutsche Bibliothek verzeichnet diese Publikation in
der Deutschen Nationalbibliographie, detaillierte biblio-
graphische Daten sind unter http://dnb.ddb.de abrufbar.

Copyright © 2011 Mark Scheppert

Fotos: Hans Hübner & Klaus Schubert
Satz und Umschlaggestaltung: D. Werk & K. v. Günner
Herstellung und Verlag: Books on Demand GmbH, Norderstedt

ISBN: 978-3-8423-80462

www.markscheppert.de

Inhalt

Vorwort

„Sag mal Junge, hast du denn schon wieder deine Mütze im Auto vergessen?" Meine Freunde vor der Tür lächelten und auch ich war gerührt. Der „Junge" war mein 63-jähriger Vater, der zusammen mit dem besorgten Herrn, meinem 85 Jahre alten Opa, soeben das DDR-Museum in Berlin-Mitte verlassen hatte. Vater drehte sich noch einmal um und rief mir etwas zu. „Ja, übernächste Woche!", brüllte ich zurück.

Soeben war die erste Lesung zu meinem Buch „Mauergewinner" zu Ende gegangen. Ich inhalierte die kühle Herbstluft und blickte entspannt in den Abendhimmel über dem Alexanderplatz. Es schien ihnen gefallen zu haben. Auch meine Mutter hatte oft und herzhaft gelacht, obwohl ich mir gerade Texte ausgesucht hatte, in denen ich nicht sehr zimperlich mit meinen Eltern umgegangen war. Nachdem sich meine Nervosität ein wenig gelegt hatte, plauderte ich mit dem Publikum, ließ meine Erzeuger zu Wort kommen und erwiderte ihre ironischen Zwischenrufe. Ich schaute in die Reihen der Zuschauer und wusste plötzlich wieder, für wen ich das Buch geschrieben hatte – einzig und allein für meine Familie!

Vater, der sich scheinbar eine fiebrige Erkältung eingefangen hatte, überreichte mir kurz vor Beginn der Lesung hustend einen Schuhkarton und sagte, dass er gerne mal mit mir über den Inhalt reden würde. Er nickte verständnisvoll, als ich ihm klarmachte, dass ich dafür heute mit Sicherheit keine Zeit haben würde. Aber übernächste Woche. Bis dahin hätte ich mir die Sachen auch angeschaut!

Als ich vier Tage später ins Unfall-Krankenhaus Marzahn kam, war mein Vater auf der Intensivstation gerade wiederbelebt worden. Dort traf ich meinen kreidebleichen Opa. Der zuständige Arzt faselte etwas von 20% Überlebenschancen, doch in seinen Augen sah ich, dass es Null waren. Im Aufzug spürte ich, dass sich mein Opa kaum noch auf den Beinen halten konnte. Auch mir liefen längst Tränen über die Wangen und zum ersten Mal in meinem Leben nahm ich meinen Großvater in die Arme. Doch erst als wir vor der Tür mit zittrigen Händen eine Zigarette rauchten - er seine filterlosen Caro, ich meine leichten Cabinet - wurde mir bewusst, dass ich in wenigen Augenblicken meinen Vater verlieren werde und er seinen Sohn – seinen Jungen.

Mein Vater war stets ein sehr humorvoller Mensch gewesen und hätte spätestens jetzt gesagt: „Nun drück mal nicht so auf die Tränendrüse." Das möchte ich nicht. Damals hatte ich mich einfach noch nie mit dem Tod eines geliebten Menschen auseinandergesetzt.

Ich konnte wochenlang diesen Karton nicht öffnen und als ich es dennoch tat, wurden meine Befürchtungen bestätigt. Vater hatte viele Erinnerungsstücke seines Lebens zusammengesucht: alte Zeitungsausschnitte, Urkunden, Fotos, Orden und Medaillen. Sogar ein Schriftstück zu einem Parteiverfahren war mit dabei. Ich ahnte, was er vorgehabt hatte...

Durch seinen Tod kamen sich zwei Menschen näher, die zuvor bei Familientreffen kaum mehr als drei Worte miteinander gewechselt hatten. Mein Opa und ich. Stundenlang saßen wir in seiner Stammkneipe „Paule" in Biesdorf zusammen, versuchten gemeinsam, das schreckliche Ereignis zu verarbeiten und wurden dabei Freunde. Er redete viel über meinen Vater, aber auch über eigene Erlebnisse und ich hörte ihm einfach zu. Eines Tages begriff ich etwas, was ich meinem Alten gerne noch zu Lebzeiten zugerufen hätte: „Dein Leben war mit Sicherheit dreimal spannender als meines, aber was dein Vater – mein Opa - erlebt hat, schlägt uns beide um Längen!"

Genau dieses Leben wollte ich unbedingt festhalten, bevor ich es wieder in einem Schuhkarton überreicht bekam.

Mein nunmehr 86-jähriger Großvater hat ein deutsches Jahrhundert erlebt, das ganz anders klang als das, was ich während meiner Schulzeit immer verabreicht bekommen hatte. Er fand sein Leben ganz simpel. Ich nicht!

Immer wieder hatte er betont: „Ich glaube eigentlich, dass diese Anekdoten nur für meine Kinder und Enkel interessant sind, aber wenn du daraus unbedingt ein Buch machen willst..." Wollte ich!

Letztendlich entschied ich mich für ein Gespräch als richtige Form für mein Unterfangen, da mich besonders Ereignisse, die mein Opa für bedeutsam hielt, interessierten. Entstanden ist somit keine Biographie und auch keine Aneinanderreihung von Anekdoten, sondern eine Mischung aus beidem: Gelebte deutsche Geschichte, die ich aufbewahren und teilen wollte.

Breslauer Lerge – die Kindheit

Gleich zu Beginn möchte ich Dir eine Frage stellen, die vielleicht auch an das Ende des Buches gepasst hätte. Was bedeutet Heimat für Dich?

Ach, Heimat ist für mich kein Ort, sondern eher ein Gefühl. Sie ist oftmals dort, wo meine Familie, meine Freunde und die meisten meiner Bekannten leben. Mein Zuhause lässt sich eher mit einer Empfindung umschreiben: Geborgenheit. Von 1925 bis 1943 gab es dieses Gefühl nur in einer Stadt an der Oder. Immer wenn ich später Formulare ausfüllen sollte, ermahnten mich gestrenge DDR-Beamte, dass mein Geburtsort Wroclaw hieße. Noch heute muss ich darüber schmunzeln, denn es gibt sicherlich Tausende Menschen, die in Karl-Marx-Stadt und eben nicht Chemnitz zur Welt gekommen sind. „Nein meine Herren. Der Ort meiner Geburt, meiner Kindheitstage und Jugend heißt Breslau!"

Wie verlief Deine Kindheit in der schlesischen Metropole?

Ich wurde 1925 in den Zeiten der Weimarer Republik im Stadtteil Gräbschen im Westen der Stadt geboren. Unser Haus in der Hochstraße gehörte Bäckermeister Hartmann, dessen Backstube sich im Hof befand. Sein Sohn Heinz war in meinem Alter und immer wenn wir uns unten keilten, schaute meine Mutter zu der einen und die Mutter von Heinz auf der anderen Seite zum Fenster hinaus, quasselten und tranken dabei Lorke. „Guck mal, die Jungs hauen sich." „Ach, die vertragen sich auch wieder", riefen sie sich lachend zu.

Bald zogen wir in die Rehdiger Straße ins Hinterhaus. Wir nannten es Gartenhaus, da sich das vornehmer anhörte. Die Menschen in unserer Gegend grüßten sich herzlich und freuten sich darüber, dass sie den Schuster, Schneider und Gastwirt persönlich kannten. Hier wohnten all meine Freunde und die Schule war unweit am Sauerbrunnen.

Es ging uns gut, denn meine Eltern hatten immer eine Arbeit. Während meine Mutter Gretel nachmittags die Breslauer Neuesten Nachrichten austrug, arbeitete mein Vater

Bruno als Packer bei Stiebler, dem größten Versandhaus für Lebensmittel im Osten Deutschlands, am Zwingerplatz. Wir hatten genug zu Essen – sogar Eisbein mit Sauerkraut gab es ab und an und zu Weihnachten den verzauberten Karpfen polnisch. Die Küche war dann vom Duft seiner markanten Schwarzbiersoße mit Brühe, Gemüse und Fischpfefferkuchen erfüllt. Wir schmissen zusätzlich Knacker und Weißwürste in den großen Topf mit der Tunke und bis zum heutigen Tag wird dieses Gericht an Heilig Abend als „Schubert-Essen" aufgetafelt.

Die Küche war das Zentrum unserer Wohnung. Hier traf man sich zum Reden, hier wurden die Klöße geformt, die Schulbrote geschmiert, der Streuselkuchen gegessen, Mensch-Ärgere-Dich-Nicht und Skat gespielt; kurz – hier fand das Leben statt. Dass unsere Toilette eine Treppe tiefer war und Vater das Klopapier fein säuberlich aus Zeitungspapier in Streifen schnitt, störte uns nicht. Auch, dass die Wäsche in derselben Blechwanne gekocht wurde, in der ich am Sonntag badete, war völlig normal. Wir wohnten nun sogar regelrecht nobel, denn in der Hochstraße hatten wir nicht einmal Elektrizität und mussten noch die Gasmarken für 19 Pfennig das Stück kaufen.

Breslau war mit über 600 000 Einwohnern eine der größten Städte des Deutschen Reiches und so war es für mich als Kind, gefühlt fast eine Weltreise bis zum Ring. Unsere Verkehrsmittel waren das Fahrrad und die Straßenbahn und als ich das erste Mal in einem Automobil mitfahren durfte, wurde mir regelrecht schlecht.

Meine kleine Welt bestand bald nur noch aus Schule und Schwimmtraining bei „Borussia Silesia". Der Verein befand sich im Zentrum und besonders an langen Sommertagen schlenderten wir danach noch durch den gigantischen Bahnhof, von wo aus Züge nach Berlin und sogar nach Paris fuhren. Wir klauten am Naschmarkt ein paar Äpfel, machten aus Jux vor dem steinernen alten Kaiser Wilhelm einen militärischen Gruß, rannten um die Wette den Ring entlang und endeten oft am Rathaus, da dort immer so viel Trubel war. An heißen Tagen sprangen wir abends unter der Kaiserbrücke noch einmal in die Oder und bestaunten vom Ufer aus das

Farbenspiel der versinkenden Sonne über meiner wunderschönen Heimatstadt.

Wie war Deine Schulzeit? Hattest Du schon einen konkreten Berufswunsch?

Ich war stets ein braver Junge, der in den Kopfnoten – sogar in Betragen – immer eine Eins mit nach Hause brachte. Nur einmal bekam ich richtig Ärger. Ich saß in der Klasse an einer Doppelbank auf der linken Seite und in den Pausen trafen wir uns oft bei mir und setzten uns auf die Fensterbänke. Eines Tages lehnte ich mich dort mit dem Rücken gegen die Scheibe. Von mir unbemerkt löste sie sich aus dem Rahmen, flog auf die Straße und zerschepperte.

Es gab großes Theater, wer den Schaden übernehmen sollte. Zwei Tage später wollte ich Heinz zeigen, wie das geschehen konnte, denn er hatte meine Panne wegen Krankheit versäumt. Ich setzte mich also ans Fenster, drückte meinen Rücken ganz sachte gegen die Scheibe und sie flog tatsächlich ein zweites Mal in die Tiefe. Ich bekam von Lehrer Sanke ein paar Hiebe mit dem Rohrstock und von meiner Mutter gab es zu Hause eine schallende Backpfeife. Sie ließ mich zwei Wochen nicht ins Freibad fahren. Das war die eigentliche Höchststrafe, nicht nur weil man dort die neuesten Bademoden der Mädels bewundern konnte. Vater sagte lediglich: „Na du bist mir vielleicht 'ne Lerge (Type)."

Im Herbst '37 fertigte die Deutsche Fußball-Nationalmannschaft Dänemark in unserem Olympiastadion mit 8:0 ab und begründete damit ihren Ruf als „Breslau-Elf". Noch Tage später sprachen wir über nichts anderes – auch mit Herrn Sanke. Unser Lehrer war nämlich ansonsten ein feiner Kerl. Wir waren nicht nur Fußball-, sondern auch große Karl-May-Fans und gaben uns untereinander Indianer- und Cowboynamen. Bruno Sanke schien das so gut zu gefallen, dass auch er uns bald nur noch mit unseren Fantasienamen anredete: „Old Shatterhand nach vorn an die Tafel." oder „Winnetou trägt nun als nächster das Gedicht vor." Die Schulzeit verging wie im Fluge. Abitur wollte ich gar nicht machen und meine Eltern hätten sich das auch nicht leisten können. Wenngleich meine Mutter allen erzählte, dass „ihr Schubsele" (Kleiner) früher immer „Arbeitsloser" als Berufswunsch angegeben hatte, begann ich eine Ausbildung bei der Hydrometer AG als Technischer Zeichner.

Wir stellten dort Wassermesser in allen Größen und Formen her und in den drei Jahren lernte ich den ganzen Betrieb kennen: die Lehrwerkstatt, die Gießerei, die Automatenwerkstatt und schließlich das Konstruktionsbüro. In der Uhrmacherwerkstatt nebenan ließ ich die Uhren unserer kompletten Familie reparieren. Der Meister, ein großer Kerl mit riesigen Pranken, behob den Fehler meist in Windeseile und packte die Uhr dann in eine Schublade. Er erklärte mir, dass ich sie erst morgen abholen könne, da es ja komisch aussehen würde, wenn sie bereits am selben Tag fertig wäre. Er fragte mich immer lächelnd nach meinen Fortschritten in der Ausbildung und ich erklärte ihm jedes Mal voller Stolz, dass es mir vor allem Spaß mache, Entwurfs- und Montagezeichnungen zu fertigen und diese dann wie ein Gemälde mit „Schb" – für Schubert - abzuzeichnen. Noch heute ist dies mein Kurzzeichen, nur weil bei der Hydrometer AG das Kürzel „Schu" schon vergeben war.

Im Schwimmbad bandelte ich nun mit den ersten Mädels an und in die „Lichtburg" ging ich provokativ mit kurzer Hose, um meinen Freunden zu zeigen, dass ich auch in diesem Aufzug in die Filme ab 18 hinein käme. Ich hätte mir keinen schöneren Beruf vorstellen können und mein Leben schien, wie auf dem Reißbrett vorgezeichnet zu sein. Eigentlich war alles ganz simpel.

Reden wir hier nicht von einer Zeit, in der Hitler gerade an die Macht kam? Hast Du denn gar keine negativen Erinnerungen?

Zu Deiner Frage möchte ich kurz eine Anekdote aus späteren Tagen erzählen. Mein Sohn Klaus, also dein Vater, war etwa 13 Jahre, als mich einmal mein alter Kumpel Heinz Sachse besuchte. Wir redeten in der Küche stundenlang über unsere Jugend und den Krieg – und haben uns kaputtgelacht! Klaus sagte am nächsten Tag bestürzt: „Also wenn man euch so reden hört, wünscht man sich ja fast, dass wieder Krieg ist." Ich verstand, was er meinte, doch wenn man so eine schlimme Zeit überlebt hatte, will man das verdrängen und redet nur noch über die schönen Dinge.

Bei Hitlers Machtantritt 1933 war ich noch keine acht Jahre alt. Zur damaligen Zeit war ich in den Augen der neuen Machthaber ein so genannter „Vierteljude", da ein jeder Deutsche dazu verpflichtet wurde, seinen Stammbaum drei Generationen zurück nachzuweisen. Mein Großvater mütterlicherseits, der die Nazi-Zeit glücklicherweise nicht mehr erleben musste, war Jude und trug zudem mit „Kohn" einen typisch jüdischen Namen. Zunächst bekamen wir keine Probleme. Dennoch erinnere ich mich an jenen Novembertag '38, als man sich überall erzählte, dass die Synagoge in Brand gesteckt wurde und die eintreffende Feuerwehr nur das daneben liegende Polizeipräsidium vor den Flammen geschützt hatte. Ich weiß noch, dass es nach dieser Nacht unzählige jüdische Läden am Ring nicht mehr gab. Auch waren plötzlich einige Nachbarn „umgezogen" und meine Eltern tuschelten nun öfter in der Küche.

Tante Agnes klebte sich sogar „arisch" unter „Kohn" auf das Klingelschild, damit man sie in Ruhe ließ. Ich verstand das alles nicht, auch nicht, dass sie mir immer, wenn ich in HJ-Uniform bei ihr erschien, mit dem Nudelholz hinterher rannte. Ich dachte, sie mache Spaß, denn ich war ja ein glühender Anhänger und marschierte mit meiner Gefolgschaft immer singend durch die Straßen. Meine Jugend war also eher eine Mischung aus Schule, Schwimmverein und dieser neuen Gemeinschaft der Hitlerjugend.

Ich sah darin nichts Verwerfliches, denn viele Lehrer, Radiosendungen und Zeitungsberichte ließen mich glauben, dass es nichts Ehrenwerteres gäbe.

Zu Hitlers Geburtstag bekamen wir immer eine Bockwurst mit Brötchen und als er 1934 einmal zu Besuch nach Breslau kam, war das ein gigantisches Volksfest. Überall hingen Transparente, unzählige Buden waren aufgebaut und fast alle schwenkten Hakenkreuzfähnchen hinter den Absperrungen der SA-Truppen. Unzählige BdM-Mädels mit geflochtenen Zöpfen versammelten sich vor dem Rathaus und kreischten: „Lieber Führer sei so nett, komm zu uns ans Fensterbrett. Heil, Heil, Heil." Unvorstellbar? Nein! Auch ich reckte den rechten Arm zum „Deutschen Gruß", als er dann endlich erschien.

Natürlich wunderte ich mich, dass meine Eltern diese Euphorie nie teilten und erst Jahre später ahnte ich, dass sie mit einem stolzen Hitlerjungen als Sohn nicht über politische Einstellungen haben sprechen können – es wäre für uns durchaus gefährlich gewesen, wenn ich mich in der Schule verplappert hätte.

Meinem Vater, dem langjährigen SPD-Mann und Gewerkschafter war das Hitlerbild, welches ich in der Stube anbringen lassen wollte, gleich zweimal heruntergefallen. Er war eigentlich ein Handwerker mit „goldenen Händen" und ich begriff nicht, dass es pure Absicht gewesen war. Der „Führer" hatte bei uns nichts zu suchen und auch in der Nachbarschaft grüßte man sich weiterhin mit „Guten Tag" statt mit „Heil Hitler".

Um zu beschreiben, wie schwierig es für mich war, diese Welt zu verstehen, ein Beispiel aus späteren Zeiten: Auf einer Messe traf ich jemanden, der Goldmann hieß. Schnell stellte sich heraus, dass auch er eine „Breslauer Lerge" war. Mit dem Wissen über Verfolgung und KZs fragte ich etwas genauer nach, da der jüdische Name Goldmann in der damaligen Zeit praktisch nicht mehr existierte. Bis er erwähnte, dass er damals noch Quiel hieß. Ich schaute ihn an und rief: „Mensch, du bist das! HJ-Gefolgschaft 27."

Zu Beginn des 2. Weltkrieges warst Du demnach ein 14-jähriger Hitlerjunge. Wie hast Du die ersten Kriegsjahre erlebt?

Obwohl die Kriegsvorbereitungen überall in vollem Gange waren, lebten wir auch zu dieser Zeit - gefühlt - in einer normalen Welt. Im September 1939 spielte mein Vater mit einem Kollegen und Rudi, dem Freund von Tante Agnes, bei uns zu Hause Skat, als wir im Hof militärisches Stiefeltrampeln hörten. „Jetzt hol'n se mich", rief Vater und tatsächlich hievte er noch an diesem Abend den Pappkarton vom Schrank in dem seine Wehrmachts-Uniform lag und zog wenige Tage später in seinen zweiten Krieg. In den folgenden Monaten stimmten die Erfolgsmeldungen aus unserem Volksempfänger noch mit den Berichten meines Vaters überein. Wir bekamen unzählige Briefe, in denen er uns schrieb, dass es ihm gut ginge und der Krieg bald gewonnen sei. Als er das erste Mal auf Heimaturlaub am Breslauer Hauptbahnhof ankam, sah er aus wie ein „Paket auf zwei Beinen", so viele Geschenke brachte er mit. Sogar eine geschlachtete Ziege, die wir in einem großen Fest mit den Nachbarn verspeisten, schleppte er in einem Zinkeimer an. Auch für Familien von Freunden, die mit ihm an der Front waren, hatte er stets etwas dabei. Als ich nach dem Krieg einmal bei Heinz Schreckenbach in Westdeutschland klingelte und „einen schönen Gruß von Bruno Schubert" bestellte, rief seine Frau aus der Küche: „Ach der Horst - das ist ja schön!" Sie kannte mich nur, weil ich als Jugendlicher zweimal die Präsente meines Vaters vorbeigebracht hatte.

Wann wurdest Du eingezogen?

Ich wurde zunächst von der Hydrometer AG nach der Ausbildung übernommen und 1942 zum Reichsarbeitsdienst in den Sudetengau nach Wichstadl einbestellt. Auch wenn wir dort Bäume fällten und Gräben aushuben, war der „Ehrendienst am deutschen Volke" militärisch organisiert. In erdbrauner Uniform und mit einer Mütze, die wir aufgrund ihrer Form „Arsch mit Griff" nannten, sollten wir Achtung vor körperlicher Arbeit bekommen. Ich machte mich wohl ganz gut, denn man wollte mich als Ausbilder da behalten. Eines Tages rief mich der Oberfeldmeister zu sich und sagte mir ab, da ich ja wohl ein „Nichtarier" sei. Ich akzeptierte es, ohne zu hinterfragen, warum nur Leute mit „Ariernachweis" andere Menschen ausbilden dürfen. Wahrscheinlich war es mir sogar recht, denn ich wollte ja sowieso lieber als Technischer Zeichner arbeiten. Doch Ende 1942 kam der Einberufungsbefehl zur Wehrmacht.

Am ersten Tag mussten wir uns um 10 Uhr im Wehrbezirkskommando melden und da ich meinen Kumpel Edmund Schuster unterwegs traf, verquatschten wir uns, sodass wir zu spät erschienen. Der Buchstabe „S" war schon durch und so saßen bald nur noch wir auf den Bänken im Gang. Ein Offizier kam heraus und rief: „Ist hier noch jemand, der nicht aufgerufen wurde?" „Ja, wir!", nuschelten wir kleinlaut. Wir hatten mitbekommen, dass bisher alle nach Brieg, unweit von Breslau, einberufen wurden.

„Na das passt ja", rief er, „ich brauche noch zwei Leute für die Kaserne in Breslau am Schwimmstadion." Wir schmunzelten und freuten uns, dass Zuspätkommen beim Militär sogar noch belohnt wurde. Gut gelaunt fuhren wir los, doch der Posten am Eingangstor sagte verwundert: „Die Ausbildungskompanie ist nicht mehr hier." „Wo ist die denn jetzt?", fragte ich entsetzt. „Na in der Kürassierkaserne." Volltreffer! Das war in unmittelbarer Nähe von meinem Zuhause – besser hätte es nicht laufen können. Als wir die Anlage erreichten, war es bereits später Nachmittag. Wir meldeten uns beim Hauptfeldwebel, der uns mit den Worten begrüßte: „Unsere Rekruten beginnen doch erst nächste Woche." Edmund reagierte trocken: „Das ist ja nicht so schlimm, dann kommen wir eben erst nächste Woche wieder." „Nee, nee Jungs, wer hier einmal hineingekommen ist, kommt so schnell nicht wieder raus", antwortete der neue Vorgesetzte grinsend.

In der Kleiderkammer händigten sie uns die Uniform und alle anderen Utensilien aus, doch als wir unsere Stube betraten, beobachteten wir, dass nach und nach die Leute die Kaserne wieder verließen. Ungläubig fragte ich einen Kerl: „Habt ihr denn Ausgang?" Er antwortete beiläufig: „Bei uns gibt es keinen Ausgang. Wir haben um 18 Uhr Dienstschluss." Wir schlussfolgerten also: da hier viele Bedienstete in der Verwaltung arbeiteten, die einfach nach Hause gingen, fielen sicher auch Rekruten gar nicht auf, wenn sie abends durchs Tor marschierten. „Ihr müsst bloß Glück haben, dass nicht gerade Alarm ist und vor 24 Uhr zurück sein." Ich hatte an jenem Tag um 9 Uhr die elterliche Wohnung verlassen und stand also abends um 19 Uhr bei meiner Mutter vor der Tür und fragte, was es zu Essen gäbe. Nachdem sie den Schreck überwunden hatte und ich ihr klarmachte, dass ich nicht desertiert wäre, stellte sie mir glücklich lächelnd einen Teller Bohnensuppe vor die Nase.

Das war also die Wehrmacht. Eine Art Cowboy- und Indianerspiel, bei dem es einfach nur darum ging, Glück zu haben und möglichst clever zu sein. Im Prinzip alles ganz simpel!

Aber Du musstest doch auch in den Krieg ziehen?

Im Februar 1943 brüllte Goebbels im Berliner Sportpalast, seine berühmt berüchtigten Worte: „Wollt ihr den totalen Krieg?" und Anfang März, ich war noch keine 18 Jahre, saß ich in einem Zug gen Russland, auf dem Weg an die Ostfront. Beim Abschied hatte ich meine Mutter sehr lange umarmt und ihr ins Ohr geflüstert: „Jetzt ist der Vater bald zu Hause, denn nun kommen wir ja und machen Schluss!" Ich ahnte nicht, dass mich nun die Hölle auf Erden erwarten würde, dass ich meine Eltern und die geliebte Heimatstadt sehr lange nicht mehr sehen würde. An diesem Tag wurde mir ein Stück meiner Identität, ein Teil meiner Vergangenheit und für lange Zeit auch das Gefühl der Geborgenheit genommen.

Ende oder Anfang - der 2. Weltkrieg

Bekannt ist, dass viele Menschen, die den Krieg überlebt haben, gar nichts über ihre traumatischen Erlebnisse berichten wollen oder können. Deshalb die Frage, ob Du das möchtest?

Unter uns: ich konnte die Farbe Orange sehr lange nicht sehen. Mir wurde dann immer ganz schummrig vor Augen und regelrecht übel. Keine Apfelsinen in der Obstabteilung, keine Gewänder von Buddhisten und keine holländischen Trikots im Fernsehen. Selbst wenn orangefarbene Wagen der Berliner Stadtreinigung vorbeifuhren, wurde mir schlecht. Vor vielen Jahren, als meine Frau mal einen Mantel in Berlin Weißensee in dieser Farbe auf den Ladentisch legte, musste ich fluchtartig den Raum verlassen und mich draußen übergeben. Viele der missmutig schauenden Passanten hielten mich sicherlich für betrunken. Doch ich verfalle jedes Mal in diesen Schockzustand, denn die Erinnerungen an den Augenblick, als ich diese Farbe überall um mich herum sah, werden mich ein Leben lang verfolgen.

Orange? Verstehe ich nicht ganz. Was war geschehen?

Anfang Februar 1945 war ich nach einem fast zweijährigen Marsch gen Westen mit meiner Kompanie in der Nähe von Namslau in Niederschlesien angekommen. Wenn meine Söhne später bei Wanderungen jammerten und fragten, wie weit es noch wäre, habe ich immer mit „ein Katzensprung" geantwortet und ihnen erzählt, dass ich schon einmal von Demjansk in Russland bis an die Oder gelaufen bin. „Und die Russen sind gerannt", war damals ein geflügeltes Wort in unserer Truppe, „und wir immer vor ihnen her!"

Unsere Erwartungen auf einen Sieg waren nach zwei Jahren selbst erfahrener Schlachten weit unter den Nullpunkt gesunken. Ich erlebte diesen Feldzug fast ausschließlich als Rückzug durch zerstörte Dörfer und Städte. Das EK II, EK I und das Infanterie-Sturmabzeichen bekam ich für besonderen Mut - oder Leichtsinnigkeit - in den ersten fünf Monaten an der Front während der letzten verzweifelten deutschen

Offensiven. Doch danach war es vorbei mit meinem Heldentum. Glücklicherweise erinnerte ich mich an den Rat meines Vaters, der da lautete: „Wenn es heißt Freiwillige vor, dann schnell zur Seite treten, damit die Freiwilligen vor können!". Das hat mir sicherlich oft das Leben gerettet. Wahrscheinlich bewahrte es mich auch davor, an Erschießungskommandos teilzunehmen.

Hättest Du andere Menschen auf diese Weise töten können?

Ich weiß es bis heute nicht, denn wenn man in dieser Scheiße drinsteckt, ist klares Denken und menschliches Handeln oftmals nicht mehr möglich. Befehlsverweigerung hätte unter Umständen den eigenen Tod bedeutet. Doch zum Glück bin ich nie in diese Verlegenheit geraten, denn wir hatten immer vernünftige Vorgesetzte ohne „Halsschmerzen". Um das begehrte Ritterkreuz des Eisernen Kreuzes zu bekommen, welches als Halsbandorden getragen wurde, verheizten einige ehrgeizige Heroen ihre Einheiten oftmals in besonders riskanten Unternehmungen. Wahrscheinlich wollten viele meiner Befehlshaber irgendwann auch einfach nur noch lebendig zu ihren Familien nach Hause kommen. Sie bekamen also keine „Halsschmerzen".

Bleibt noch immer die Frage nach dieser Farbe.

Wir waren schon jenseits der Oder, also westlich des Stromes, mit dessen Wasser ich als Breslauer sozusagen getauft worden bin und in dessen Fluten wir uns als Jungen nicht immer vorschriftsmäßig getummelt hatten. Mein Unteroffizier, zwei Kameraden und ich hatten in einem einzeln stehenden Haus am Ortsrand eines kleinen Dorfes Stellung bezogen und russische Panzer T34 rollten auf uns zu. Höchste Zeit also, sich zu verdrücken. Wir vier waren uns da völlig einig. Ich stürmte als Erster hinaus. Warum, weiß ich bis heute nicht. Genau in diesem Moment traf eine Panzergranate das Haus. Ich war schon draußen, als das Geschoß mit einem ohrenbetäubenden Krach detonierte. Meine Kameraden leider nicht.
    Eine Außenwand stürzte auf mich herab. Dann wurde alles

schwarz über mir. Wie lange meine Ohnmacht, verschüttet unter den Ziegeln, dauerte? Ich habe keine Ahnung. Ein Feldwebel buddelte mich schließlich aus. Er schaute mich mit besorgter Miene an und fragte irgendetwas. Ich griff mir ins Gesicht, schaute gleichzeitig auf meine Hand, meinen Mantel und die große Lache um mich herum. Das viele Blut, der Dreck und der Staub der Ziegelsteine hatten sich zu einem Farbton vermischt, den ich mein Leben lang nicht mehr sehen kann. Orange!

Warst Du schwer verletzt? Wie ging es weiter?

Der Feldwebel war Waffenmeister, wie er unter Hinweis auf zwei, mir riesig erscheinende, Holzkisten sagte, die er mitschleppte. Über die Felder machten wir uns in Richtung Autobahn davon. Ich schrie nach meinen Kameraden, doch er schüttelte nur den Kopf und zerrte mich weiter. Mühsam humpelte ich ihm hinterher. Die Entrüstung des Mannes werde ich nie vergessen, als ich ihn bat, mir ein bisschen unter die Arme zu greifen und doch um Himmelswillen die blöden Kisten stehen zulassen. Ich weiß nicht, ob das „tausendjährige" Reich dem Deutschpreußen später noch ausreichend gedankt hatte, ob der Rettung der Dinger. Auf den Kriegsausgang hatte die Korrektheit des Feldwebels jedenfalls keinen entscheidenden Einfluss mehr gehabt.

Ein auf der Autobahn vorbeikommender, schon mit Verwundeten voll gestopfter Sanka lud mich ein. Obwohl ich kaum Schmerzen verspürte, muss ich furchtbar ausgesehen haben und auch mein feldgrauer Mantel leuchtete noch immer in dieser schrecklichen Signalfarbe. Als wir endlich hielten, befand ich mich vor dem Eingang des Elisabethinerinnen-Krankenhauses in der Gräbschener Straße in Breslau, einmal um die Ecke - nur fünf Minuten Fußweg - von der Rehdigerstraße 11, in der wir wohnten. Ich atmete tief durch. Endlich wieder zu Hause!

Den Schwestern, die mich zur Untersuchung bringen wollten, entwischte ich erst einmal. Ich fand ein Telefon und rief in der Bäckerei in der Hochstraße an. Im Gegensatz zu uns besaßen Hartmanns ein Telefon. Von ihm erfuhr ich, dass

Muttel (Mutter) zu ihrer Schwester nach Gablonz an der Neiße aufgebrochen und mein Vater noch immer an der Front war. Wo genau konnte er nicht sagen.

Im Krankenhaus, das einem katholischen Kloster angeschlossen war, verarztete man mich provisorisch. Granatsplitter, die dabei in meinem Schädel entdeckt wurden, rührte man zunächst nicht an. Die Schwestern in ihren schwarzen Kutten sorgten sich rührend um uns. Ich glaube, sie hätten uns auch Händchen gehalten und ein Gute-Nacht-Lied gesungen, wenn das erforderlich gewesen wäre. Immer wenn wir früher mit unserer HJ-Gefolgschaft 27 an der Kirche und dem Kloster vorbeigelaufen waren, hatten wir respektlos ein Lied gebrüllt: „Spieß voran, drauf und dran, setzt aufs Klosterdach den roten Hahn! Spieß voran, drauf und dran, setzt aufs Kirchendach den roten Hahn!" – zündet es an, bedeutete das. Jetzt schämte ich mich zutiefst dafür.

Bis zu diesem Zeitpunkt fühlte ich mich recht fit. Erst als ich im Bett lag, kamen die Schmerzen. Sie wurden so stark, dass ich öfter für mehrere Stunden in Ohnmacht fiel. So richtig denken konnte ich eigentlich erst wieder, als ich nach einer wohl mehrtägigen Fahrt mit einem Lazarettzug in Ulm an der Donau landete.

In Breslau wurde ja bis zum Kriegsende erbittert gekämpft. War Deine Verwundung demnach Glück im Unglück?

Ja, denn erst später erfuhr ich, dass dies einer der letzten Züge gewesen war, der meine Heimatstadt verlassen hatte, bevor die Schlacht um die „Festung Breslau" begann, bei der nochmals zigtausende Menschen ums Leben kamen.

Im Ulmer Lazarett diagnostizierte man eine Schädelfraktur und eben diverse Granatsplitter im Kopf. Zum Glück bat ich den Arzt rechtzeitig, in mein rechtes Ohr zu schauen. Dort steckten dann tatsächlich noch unzählige orangefarbene Ziegelstücken, die sie ohne Operation entfernen konnten. Sie wollten mir eigentlich schon den halben Schädel aufschneiden.

Offenbar wehrt sich der Körper gegen Beschwerden und Schmerzen solange man noch in Gefahr ist und gibt erst nach, wenn man sich in Sicherheit wähnt. Ich habe mir diese sehr persönliche Erfahrung nie von Medizinern bestätigen lassen, wie ich es ohnehin vermeide, bei jeder kleinen Unpässlichkeit gleich zum Arzt zu rennen. Geholfen haben mir meine Erkenntnisse später dennoch. Beschwerden, die im Augenblick nicht erwünscht waren, habe ich einfach immer weggeredet.

In Ulm erlebte ich in den letzten Monaten des Krieges etliche Luftangriffe. Uns Verwundete schaffte man in tiefer gelegene Kellerräume – es waren wohl die ehemaligen Katakomben einer Burg. Und plötzlich kam die Angst. An der Front hatten wir immer in behelfsmäßig ausgehobenen, gammligen Löchern gehockt, die gerade mal so tief waren, dass mein eingezogener Kopf nur Zentimeter unter der Erdoberfläche war. Doch hier im scheinbar sicheren Kellergewölbe hatte ich mehr Angst als jemals zuvor als Infanterist. Überall krachte, bebte und spritzte es und mir kam die Einsicht, dass all die Menschen daheim, Frauen, Kinder und Greise bei den Luftangriffen genauso litten wie wir draußen im Graben.

Ich vermisse diese Tatsache leider bei vielen Beschreibungen des Krieges. Genauso wenig kann ich verstehen, wenn in Schlachtfilmen, die ja heute massenhaft über den Bildschirm flimmern, all jene verherrlicht werden, die keine Angst haben. Was müssen das nur für Dummköpfe sein. Keine Angst zu haben, bedeutet doch nichts anderes, als sich der Gefahr, die auf einen zukommt, nicht bewusst zu sein. Und das ist dumm. Diese Angst zu überwinden, um anderen Menschen zu helfen, sie zu retten oder zu beschützen, das nenne ich Mut. Doch den bekommt man erst im Laufe seines Lebens, schneller oder langsamer – oder niemals.

Kannst Du diese Angst mal anhand eines Beispiels beschreiben?

Ich erinnere mich noch an meine „Feuertaufe". Wir standen im Feld hinter einer Kartoffelmiete, die etwa 1,20 Meter hoch und 15 Meter lang war. An ihrem Fuß war der Länge nach ein schmaler Graben von ca. 30 cm Tiefe ausgehoben, offenbar zum Wasserauffangen bei starkem Regen. Plötzlich setzte feindliches Gewehr-Feuer ein. Doch ich rannte nicht etwa leicht gebückt ans andere Ende der Miete, denn ihre Höhe hätte mich ohne weiteres vor Treffern geschützt, sondern kroch angstgeschüttelt, rückwärts, eng an den kleinen Graben gepresst, zurück. Einige Kameraden lachten mich später aus und tatsächlich: in den Monaten danach bin auch ich, ohne mich groß um das Pfeifen der Kugeln zu kümmern und teilweise nicht einmal geduckt, von Deckung zu Deckung gelaufen. Man hatte sich an die Gefahr gewöhnt und wusste: nicht jede Kugel würde treffen. Ich war leichtsinnig geworden. An jenem Tag in Russland rauchte ich übrigens zitternd meine allererste Zigarette und ich habe erst neulich mit 86 Jahren wieder aufgehört.

Musstest Du dann nochmals an die Front?

Nach relativ kurzem Lazarettaufenthalt wurden viele, die schon wieder halbwegs auf zwei Beinen laufen konnten, zu regulären Wehrmachtseinheiten versetzt. Mit zwei anderen Infanteriefunkern musste auch ich mich auf den Weg nach Bermaringen, einem Dorf in der Nähe von Ulm, machen. Uns kam das kalte Grausen, als wir sahen, dass die ganze Truppe, mit der wir drei den Krieg nun zu Ende spielen sollten, im kleinen Saal des Dorfgasthauses einquartiert war. Dem Kompaniechef, einem Oberleutnant, erzählten wir deshalb, dass uns in wenigen Tagen Funkgeräte und Fernmeldematerial folgen würden und wir uns deshalb nach einem zweckmäßigeren Quartier umschauen müssten. Er fiel auf unseren Schwindel rein und so erhielten wir eine separate Unterkunft bei einem Bauern in der Nähe der Dorfkneipe. Der winzige Raum mit Sofa und einer Strohschütte war zwar keineswegs luxuriös, aber immerhin konnten wir so in der Nacht und nach einiger Zeit auch am Tage, dem Kompanietrott aus dem Wege gehen.

Der Lange, wie wir ihn nannten, kam aus Kornwestheim und hatte zwei prima Ideen. Zum einen liefen wir abends los, klopften mal hier und da und erzählten etwas von einem geplanten Kompaniefest. Die schwäbischen Bauern waren nicht geizig und schnell hatten wir einen großen Vorrat an Eiern, Speck, Wurst, Butter, aber auch eingelegte Leckereien zusammen geschnorrt. Wir aßen von nun an fürstlich und die Dorfkinder freuten sich über unser Kochgeschirressen, das wir uns täglich bei der Kompanie abholten, damit unser kulinarisches Eigenleben nicht auffiel.

Der zweite Trick war schon etwas krimineller. Wir hatten spitz bekommen, wenn wir im Dunkeln auf unseren Verpflegungstouren durchs Dorf bummelten, dass aus manchen - pflichtgemäß verdunkelten - Hauskellern noch tief in der Nacht Licht drang. Die beiden schönen Töchter unseres Bauern vermuteten, dass da sicher aus Äpfeln, Birnen oder Pflaumen Schnaps gebrannt werde. Das sei zwar verboten, aber alle schönen Angewohnheiten wollten die Schwaben dem Krieg ja auch nicht opfern. Also zockten wir nun auch frisch gebrannten Obstschnaps für „die Kompanie-Feierlichkeiten" ab. Den Genuss mussten wir allerdings stark limitieren, da einen der Fusel mächtig umhaute.

Eine ziemlich lasche Moral.

Und die schien sich auf die gesamte Truppe übertragen zu haben. Die Kompanie bekam eines Tages ganz neu eingeführte Schnellfeuergewehre geliefert, aber keinen einzigen Schuss passender Munition. Als sich während der Einweisung ein Unteroffizier die Frage erlaubte, wie man denn im Ernstfall reagieren solle, wenn man zwar hochmoderne Waffen aber keine Patronen dazu habe, meldete sich der Spieß zu Wort. Der Stabsfeldwebel – die so genannte Mutter der Kompanie – fragte vor der versammelten Mannschaft ganz trocken: „Aber weiße Taschentücher habt ihr doch wohl?' Keiner muckte auf, nicht einmal der Kompaniechef. Klar war damit, dass mit unseren Jungs nicht mehr groß zu rechnen wäre, wenn die Amerikaner kämen.

Und die kamen früher als gedacht. Wir wurden in Marsch gesetzt und zogen gen Süden. Bei einem der unzähligen Halte hatte der Kompaniechef seinen Gefechtsstand in einem Frisiersalon eingerichtet. Wir drei Funker saßen bei ihm und zehrten von unseren Bermaringer Obstlerreserven, als es dem Chef gelang, am Radiogerät einen Sender zu finden, der uns über den aktuellen Stand der militärischen Lage in unserem Gebiet informierte. Einen „Feindsender"!

Plötzlich klopfte es an der Tür, die vom Laden zur Wohnung der Friseurfamilie führte. Schnell schalteten wir aus und öffneten leichenblass die Tür. Vor uns stand die Friseursfrau und stammelte: „Wir haben oben in der Wohnung auch noch einen zweiten Lautsprecher." Langsam kehrte die Farbe in unsere Gesichter zurück. Für das „feindliche Mithören" hätte uns die Frau auch beim Ortsgruppenleiter der NSDAP verpfeifen können. Zu jener Zeit wurden dafür sogar noch Zivilisten gehängt. Hat sie aber nicht.

Am Tag, als wir die Iller überquert hatten, versammelte der Bataillonskommandeur alle auf einer Lichtung. Er kam, wie zu Kaisers Zeiten, auf einem Pferd angeritten, stieg ab, hinkte gotterbärmlich die gesamte Aufstellung ab und verkündete, dass er das Bataillon am kommenden Tag ordentlich, diszipliniert und in allen Ehren an die Amerikaner übergeben werde. Wer zufällig in unmittelbarer Nähe zu Hause wäre, könne ja versuchen, die Heimat ohne den Umweg einer Kriegsgefangenschaft zu erreichen. Mein Freund Heinz Böder und ich befanden, dass unsere Heimatstädte Berlin und Breslau eigentlich in unmittelbarer Umgebung wären. Wir verkrochen uns in einer Scheune, süffelten den Rest unseres Schnapses und hörten in der Nacht nicht einmal die ersten durchfahrenden Amis. So einfach, ganz simpel, endete für mich der zweite Weltkrieg im April 1945.

Das Gerücht – in amerikanischer Kriegsgefangenschaft

Dann habt ihr euch gemeinsam auf den Weg in Richtung Heimat gemacht?

Früh morgens krabbelten Heinz und ich aus dem Stroh. Mein Schädel brummte, was „natürlich nicht" am billigen Fusel vom Vorabend lag. Wie viele andere hatten wir uns Klamotten von Einheimischen zusammen geschnorrt. Wir verbuddelten unsere Uniform und sahen mit den neuen Sachen endlich wieder wie normale Menschen aus. Als einziges Erinnerungsstück an unsere Soldatenzeit behielten wir ausgerechnet unsere Soldbücher. Vielleicht könnten die uns ja später noch einmal nützlich sein. Die Amis waren durch. Alles, was hinter uns lag, war bereits von ihnen „besetzt". Wir wollten in Richtung Osten und ließen es, um nicht noch einmal an die Front zu geraten, gemächlich angehen. Als Zivilisten getarnt, gestatteten wir den amerikanischen Truppen immer ein paar Kilometer Vorsprung, bis wir in Seelenruhe hinterher wanderten.

Eile war also nicht geboten und es störte uns auch nicht, dass der Vormarsch nur schleppend vorankam. Wir hatten diesen Krieg nur aus der Perspektive von Infanteristen kennen gelernt und staunten nun über die Vorgehensweise des Gegners. Sie schickten immer erst Panzer vor, zur Not gab es noch einen kurzen Artillerieeinsatz, und erst wenn ganz sicher war, dass in dem zu erobernden Geländestück kein militärischer Widerstand mehr zu erwarten war, kam das US-amerikanische Fußvolk, wobei dieses keineswegs „zu Fuß" kam. Selbst die Infanteristen liefen hier kaum einen Meter auf eigenen Beinen, sondern saßen Lucky Strike rauchend auf LKWs und vollzogen die Besetzung eines Ortes, indem sie auf dem Marktplatz behäbig vom LKW kletterten.

Natürlich waren wir nicht die Einzigen, die hier herumirrten. Viele fröhlich pfeifende Burschen – meistens zu zweit – bevölkerten die Landstraßen und hilfsbereite Einheimische machten uns rechtzeitig auf Militärkontrollen aufmerksam, die wir dann umgehen konnten. Irgendwann kam uns die Idee, eine Zwischenstation einzulegen.

Bermaringen schien uns dafür besonders geeignet zu sein, da wir dort durch unsere Kompaniefest-Sammlungen eine Menge Leute kannten. Auch die beiden Töchter des Bauern freuten sich sehr, als wir wieder auftauchten.

Nach nur zwei erquicklichen Nächten im Stroh schmissen wir unsere Pläne wieder um, da uns der Bürgermeister ein Angebot machte, dass wir nicht ablehnen konnten. Er schrieb uns eine Bescheinigung in deutscher und englischer Sprache, die uns als ehemalige kriegsdienstverpflichtete Schlosser bei den Magirus-Werken in Ulm auswies. Mit Amtssiegel! Ganz ehrlich: Leckereien, Obstler und Dorfschönheiten hin oder her – es zog uns magisch in die Heimat. Mit diesen Papieren, so glaubten wir, könnten wir nun einen Zahn zulegen.

Das hat wirklich funktioniert?

Wir passierten unzählige Sperren mit unseren „Dokumenten" und niemand hielt uns auf. Schnell erreichten wir den Thüringer Wald, als uns ein älterer Mann auf der Landstraße zwischen Weimar in Richtung Eckartsberga vor einer erneuten Militärkontrolle warnte. Wir grinsten als er mit seinen Pferdchen weiter zog. Mit unseren Papieren würden wir doch keinen Meter Umweg laufen. Doch als wir diesmal vor den sechs bewaffneten Amerikanern standen, verschwand das Lächeln recht schnell aus unseren Gesichtern.

„Bürgermeister guter Deutscher!", brummte deren Kommandant, als wir unsere beglaubigten Dokumente vorzeigten. „Aber auch guter Nazi!" In diesem Moment waren wir Kriegsgefangene der US-Army. Ganz undramatisch. Ohne durchgeladene MP oder Hände-Hoch-Gebrülle. Im Verlauf der nächsten Stunden sammelten sie weitere Leute von der Straße ein und verfrachteten sie auf den LKW. Die Fahrt dauerte nicht lange. Unser Gefährt hielt in Kölleda vor der Sparkasse, die augenscheinlich die einzige Behausung im Städtchen war, welche Gitter vor den Fenstern hatte. Man erklärte uns, dass hier bis zum kommenden Tag Station gemacht werde. Viele Einwohner hatten den Rummel mitbekommen und versammelten sich vor unserem ebenerdigen Kerker. Es waren vor allem junge Mädchen, die uns mit

28

allerlei Leckereien durch die Stäbe versorgten. Verhungern würden wir in dieser Nacht definitiv nicht.

Es wurde streng reguliert, wer wie lange am Gitterfenster stehen durfte und als ich mal wieder an der Reihe war, traf mich fast der Schlag. „Mensch Horst, bist du das wirklich?", kreischte jemand. Ich war's, und die es rief, war ein wunderschönes dunkelhaariges Mädchen. Mein euphorisch gebrülltes: „Regina", erschreckte den vor dem Eingang postierten Ami so sehr, dass er mit seinem an die Häuserwand angekippten Stuhl, nach vorne auf vier Beine fiel. Mit Regina hatte ich in Breslau meine Lehre absolviert. Wir hatten uns, seit ich eingezogen wurde, nicht mehr gesehen. Obwohl die Wiedersehensfreude durch die uns trennenden Gitterstäbe getrübt wurde, verspürten wir ohne viele Worte ein unbeschreibliches Glücksgefühl. Wir hatten beide die mörderischen Kriegsjahre überlebt!

Über was habt ihr euch in dieser Nacht unterhalten?

Das Hauptthema war die Frage, in welches Gefangenenlager sie uns wohl am nächsten Tag bringen würden. Ein Mitgefangener erzählte von Gerüchten, dass in einigen Lagern die Haare geschoren werden, in Naumburg dagegen – dem angeblich besten Lager - nicht. Schon komisch, dass dies unsere größte Sorge war. Wie eitel und ahnungslos wir nur waren.

Am nächsten Tag gab es das große Aufatmen, als wir am Ortseingangsschild von Naumburg vorbei fuhren. Es war ein riesiges eingezäuntes Gelände in dem zigtausende Menschen apathisch auf ebener Erde oder in flachen Gruben hockten. Keine Zelte, keine Baracken, wie man das heute in Filmen immer darstellt.

Wir fuhren durch eine Öffnung im Zaun und mussten absteigen. Nun waren wir also Insassen eines US-amerikanischen Kriegsgefangenenlagers. „Wo muss man sich hier denn registrieren?", fragte ich einen Herumliegenden. Erstmals erlebte ich, was mit dem Ausdruck „müdes Lächeln" gemeint ist. Es gäbe keine Registrierung, erklärte er und es interessiere die Amis auch gar nicht, wer und wie viele Menschen in ihrem Camp hausten. Frustriert suchten Heinz und ich ein freies Plätzchen, was gar nicht so einfach war. Fast jeder Insasse hatte nur knapp zwei Quadratmeter zur Verfügung und wer Pech hatte musste direkt neben dem Latrinengraben liegen. Auch der verbale Kontakt mit den Alteingesessenen erwies sich als schwierig, da die in der Regel recht maulfaul waren. Selbst auf die simple Frage nach der Verpflegung gab es wieder nur dieses „müde Lächeln" und hinsichtlich unseres Durstes eine „lahme Handbewegung". Irgendwo solle es einen intakten Wasserhahn geben.

Unser Gemütszustand sank auf den Nullpunkt, denn auf unseren Wanderungen durch halb Deutschland waren wir zuvor von den jeweiligen Gastgebern geradezu verwöhnt worden. Die meisten hatten ihre Söhne oder Männer noch immer im Krieg und hofften, dass diese in der Fremde genauso gut behandelt würden. Außerdem hatten wir uns fast immer Familien mit Töchtern in unserem Alter gesucht. Es sollte ja nicht langweilig werden. Wenn ich daran denke, dass wir wie Huckleberry Finn und Tom Sawyer mit einem Floß laut lachend auf dem Main in Richtung Würzburg geschippert sind, kommt es mir manchmal sogar so vor, als wäre dies die unbeschwerteste Zeit meines Lebens gewesen.

Wieder mal ein Beispiel dafür, dass man alles Schreckliche verdrängt. Aber das Lager war doch eher ein Albtraum, oder?

In Naumburg gab es nur einmal pro Tag Verpflegung. Einen Tag eine Dose Schmalzfleisch, am nächsten eine mit Schmelzkäse, die man mit acht Gefangenen millimetergenau stückeln musste. Auch das Brot gab es aus der Konserve und musste mit Vieren geteilt werden. Die leeren Dosen musste man übrigens aufbewahren, da dort die unfassbar dünne Suppe hinein gegossen wurde, die wir manchmal als Tagesration bekamen. Wer dann kein Gefäß besaß, musste hungern.

Es passierte, dass man an einem Tag, nachts um 1.30 Uhr diese Ration bekam und die nächste erst am darauf folgenden um kurz vor Mitternacht. Das hieß, dass wir manchmal fast zwei Tage gar nichts zu Essen hatten. So geschah es, dass täglich, mitten im besetzten Deutschland, zig Männer verhungerten. Andere starben direkt neben uns an Krankheiten und Erschöpfung. In der Nacht war es nämlich empfindlich kühl und starke Regengüsse prasselten auf uns herab. Lediglich Gefangene, welche sich mit Glück, Geschick und vor allem Brutalität einen Pappkarton besorgt hatten, mit dem sie sich behelfsmäßig bedecken konnten, blieben ein wenig trockener.

Was wurde nicht alles über die Kameradschaft der deutschen Soldaten in guten wie in schlechten Zeiten geschrieben. Hier in Naumburg war davon nichts zu spüren. Jeder war sich selbst der nächste – wichtig war nur das nackte Überleben.

Habt ihr auch Überlebensstrategien entwickelt?

Tatsächlich hatten auch Heinz und ich nicht vor zu verrecken. Auf dem Gelände entdeckten wir irgendwann die ehemaligen Getreidesilos. Sie waren mit kranken und verletzten Gefangenen belegt und wurden von den Amis mit einem Posten bewacht. Die „Silobewohner" hatten primitive Zettelchen, die ihnen das Betreten der Anlage gestattete. Nachdem Heinz zwei ähnlich aussehende Papierfetzen besorgt hatte, sprachen wir einen Kriegsverwundeten an. Ich prägte mir das auf dem Zettel Geschriebene ein und fälschte uns zwei solcher „Eintrittskarten". Als Technischer Zeichner war das ein Leichtes. Endlich hatten wir also ein Dach über dem Kopf, was schon die halbe Miete für ein längeres Überleben bedeutete. Außerdem lagen auf den kahlen Böden überall noch Getreidekörner. Wir sammelten sie eifrig ein, pusteten den Staub heraus und klopften mit einem Stein wichtige Zusatznahrung aus den Hafer-Rispen. Vielleicht rührt daher meine spätere Abneigung gegen Haferflocken, die ich heute nur noch beim Angeln zum Anfüttern benutze.

Eines Tages verbreitete sich das Gerücht, dass die Amis die ersten Leute entlassen würden – zunächst allerdings nur einfache Soldaten. Ich muss mich noch heute wundern, wie viele Soldbücher plötzlich wieder auftauchten. Auch wir hatten unser Beweismittel - den „Pass in die Freiheit" - ja glücklicherweise aufgehoben. Schon am Folgetag ging es los und man begann sogar mit dem Silo. Wir mussten in Viererreihen antreten, die Amis zählten 25 Leute ab und dann trottete ein so gebildeter Hunderterblock mit unbekanntem Ziel durchs Lager. Ich hatte mit Heinz ausgemacht, dass wir uns – falls wir uns verlieren würden – in Kölleda bei Regina treffen würden, um von dort aus nach Berlin bzw. Breslau weiterzugehen. Und tatsächlich verlor ich meinen Freund bei der Drängelei zum Antreten aus den Augen. Kurz darauf erfuhr ich, dass es drei verschiedene Gruppen Gefangener geben würde, die über Ent- oder Nichtentlassung entscheiden würden: 1. Angehörige der Waffen-SS und aktive Mitglieder der NSDAP, 2. Soldaten, deren Heimatorte in russisch besetzten Gebieten lägen und 3. Soldaten, die im besetzten Teil der westlichen Alliierten zu Hause wären.

Was mit den drei Gruppen geschehen würde, konnte keiner sagen. Da ich keine Tätowierung der Blutgruppe unter der Achselhöhle hatte, war klar, dass ich nicht bei der Waffen-SS gewesen sein konnte und auch in die NSDAP war ich nie eingetreten. Ich, die Breslauer Lerge, schrieb deshalb in den Fragebogen: „Wohnort: Kölleda, Hauptstraße 17.“ Eine Hauptstraße, vermutete ich, würde es in jedem größeren Ort Deutschlands geben. Und siehe da: ich wurde Gruppe 3 zugeordnet. Am nächsten Tag drückte man mir den offiziellen Entlassungsschein aus US-amerikanischer Kriegsgefangenschaft in die Hand. Ein LKW brachte die Leute aus der näheren Umgebung sogar in ihre Heimatorte. Als ich in Kölleda vor der Sparkasse von der Ladefläche stieg, war ich ein freier Mann. So simpel war das wieder einmal für mich.

Eigentlich doch ein großes Glück, dass Du „nur“ in amerikanischer Gefangenschaft gelandet warst, oder?

Ich kann bis heute kein gutes Wort über diese Wochen verlieren. Mein späterer Kollege Willy Conrad erzählte mir einmal, wie es ihm bei den Russen ergangen war. Dort hatten sie nach knüppelharter Arbeit einmal pro Tag eine heiße Suppe bekommen und 400 Gramm klitschiges Brot. Laut Willy war das jedoch noch mehr als das, was die russische Bevölkerung zu jener Zeit bekam. Und eben mehr, als wir bei den Amis. Doch die Zeit machte den Unterschied. In Russland saßen die deutschen Soldaten oftmals schier endlos erscheinende

Jahre fest und viele kamen nie wieder. Als einer von Wenigen überlebte Willy dort und spielte später sogar noch jahrelang bei Chemie Leipzig Fußball.

Und Dein bester Freund Heinz? Was ist aus ihm geworden?

Der hatte immer voller Optimismus gesagt: „Sie werden in Berlin alles zerbomben – außer die Prinzenstraße 13."

Er hatte Recht behalten. Als ich Ende 1945 nach ihm suchte, stand das Haus noch und eine Frau öffnete mir sogar die Tür. Sofort begann die ältere Dame zu jammern, dass sie noch immer nichts von ihrem Sohn gehört habe. Ich beruhigte sie, da ja zumindest klar war, dass er den Krieg überstanden hatte. Nur in Kölleda war er leider nie aufgetaucht.

Vor ca. acht Jahren blätterte ich aus purer Langeweile im Berliner Telefonbuch. Ich entdeckte einen Heinz Böder im Westteil Berlins und rief einfach mal an. Eine Frau meldete sich und nachdem ich ihr erklärt hatte, wer ich bin, begann sie sofort zu weinen. Ihr Mann Heinz war gerade vor vier Wochen verstorben. Er hatte oft von mir und unseren abenteuerlichen Erlebnissen vor und während der Zeit im „besten Lager" berichtet. Als sie das sagte, heulte auch ich schon längst Rotz und Wasser. Wir hatten ein halbes Leben lang in ein und derselben Stadt gewohnt und uns trotzdem nie wieder gesehen. Ich hätte ihn sogar zu DDR-Zeiten anrufen können – ja müssen!

Deshalb eine Mahnung an nachfolgende Generationen und dies ist wahrlich kein Gerücht: Ein Krieg lässt einen bis ans Lebensende nicht mehr los.

Aus dem Bauch heraus – in sowjetischer Kriegsgefangenschaft

Bist Du dann erstmal in Kölleda geblieben?

Tatsächlich, denn Regina und ihre Eltern freuten sich aufrichtig, als ich plötzlich als freier Mann vor ihnen stand und besorgten mir Arbeit und Unterkunft bei einer Bäuerin. So wurde ich - ohne jegliche Ahnung von Landwirtschaft - Knecht. Ich kümmerte mich um die Pferde und Schweine, pflügte die Äcker und zog endlos lange Furchen. Nur melken musste ich nicht, das machten die Frauen.

Zwei Wochen zogen ins Land, ich wartete und wartete, doch Heinz kam einfach nicht. Irgendwann fiel mir ein, dass einer meiner Vettern eine Frau geheiratet hatte, die aus einem Dorf in der Nähe von Aschersleben stammte, deren Eltern dort eine Bäckerei betrieben. Ich hoffte, dass er sich in den Nachkriegswirren dorthin durchgeschlagen hatte. Schließlich wollte ich endlich wieder Kontakt zu meiner Familie herstellen. Per Anhalter und als blinder Passagier im Abteil eines Güterwagens machte ich mich auf den Weg. In Aschersleben angekommen, sprach ich mit etlichen Einheimischen, bis endlich der Ortsname „Alterode" und bei mir der Groschen fiel. Die knapp 20 Kilometer bewältigte ich als Beifahrer auf einem Traktor und dann auf einem Pferdewagen. Aus der Sicht eines Großstädters hatte Alterode einen Kirchturm, zwei Straßen und ein paar Dutzend Häuser – da würde sich der Bäcker leicht finden lassen.

„Welcher denn?", fragte mich ein kleines Mädchen, die ich ansprach. ‚Heiliger Strohsack', dachte ich. ‚So ein Kaff hat mehrere Bäcker!' „Na die müssten eine erwachsene Tochter haben", antwortete ich und das Mädel sagte: „Dann weiß ich, welchen Sie meinen. Aber die Tochter ist nicht da, sondern nur ihr Mann." Dort angekommen, ging ich hinein und war sofort in der Backstube. Ein junger Kerl schob gerade Brote in den Ofen. Obwohl er von Kopf bis Fuß weiß vor Mehl war, erkannte ich ihn sofort: mein Cousin Erwin war also tatsächlich bei seinen Schwiegereltern gelandet.

„Ich bin ein aus amerikanischer Kriegsgefangenschaft entlassener Soldat", sprach ich ihn an „und auf dem Weg in die Heimat. Haben Sie vielleicht etwas Brot für mich?"

Erwin schaute sich nur flüchtig um und vergewisserte sich, dass wir allein waren. Er drückte mir ein ganzes, noch heißes Brot in die Hand und flüsterte: „Nu hau aber schnell ab, bevor mich die Meestern (Meisterin) erwischt." „Vielen Dank Erwin", antwortete ich. Er starrte mich an und für einen kurzen Augenblick hatte es ihm die Sprache verschlagen. „Horst, Mensch Horst ", platzte es plötzlich aus ihm heraus. „Bist du das wirklich?" „Ja, ich bin es tatsächlich", sagte ich leise.

Ein großer emotionaler Moment?

Wir lagen uns in den Armen und heulten minutenlang wie Schlosshunde. Was wir damals empfanden, lässt sich auch heute, mit über 65 Jahren Abstand, kaum beschreiben. Wir lebten! Von den sieben Vettern aus der Familie meiner Mutter und meines Vaters waren vier in diesem irrsinnigen Krieg gefallen – auch Erwins älterer Bruder Heinz. Als leidenschaftlicher HJ-Führer hatte er sich stets geärgert, dass wir jüngeren Vettern bereits alle an der Front waren. Als er dann „endlich' Soldat wurde, traf ihn bereits am dritten Tag eine falsch gerichtete Granate aus deutschen Geschützrohren. Noch tragischer war die Geschichte von Vetter Hans, der durch einen Beckenschuss so schwer verwundet wurde, dass er bald darauf verstarb. Seine Frau Gisela war zu diesem Zeitpunkt im siebten Monat schwanger. Alle verheimlichten ihr den Tod ihres Mannes und erst in der Entbindungsklinik fragte sie meinen Lieblingsonkel Schorsch: „Gell Vati, mein Hans lebt nicht mehr?" Sie hatte es einfach schon die ganze Zeit gespürt.

Du hattest also wieder Kontakt zu Deiner Familie. Immer noch Heimweh?

Zunächst durfte ich bei den Schwiegereltern von Erwin bleiben. Doch schon nach wenigen Tagen stellte sich heraus, dass die „Meestern" – im Gegensatz zu ihrem Mann – ein großer Geizkragen war. Sie ließ mich spüren, dass ich ein ungebetener Gast und unnützer Esser war. Es war mir Wurst, denn durch meine „beruflichen Erfahrungen" in Ackerbau und Viehzucht fand ich schnell wieder Arbeit bei einem Bauern. Bei ihm war auch ein sehr hübsches Mädchen untergekommen, das bis zum Kriegsende im Reichsarbeitsdienst eingezogen gewesen war. Wie der Zufall es wollte, war auch die süße Inge ursprünglich aus Breslau. Inzwischen hatten sich die Gewinner des Krieges auf Besatzungszonen in Deutschland geeinigt und so hörten wir, dass bei uns die Russen waren. Auch in Aschersleben und Umgebung zogen die Amis nach und nach ab und das Gebiet wurde von den Sowjets – wie einige nun sagten – übernommen. Somit war es für uns egal, ob wir hier in der Fremde, oder in unserer Heimatstadt unter diesen Besatzern lebten. Von einer polnischen Verwaltung Breslaus ahnten wir damals noch nichts. Eines Tages machten wir uns frohen Mutes auf den Weg.

Seid ihr einfach losgelaufen oder fuhren schon wieder Züge?

Normale Bahnverbindungen gab es noch nicht, aber viele Waggons der Güterzüge waren leer und auch die Bremserhäuschen boten, wenn man sich klein machte, zwei Fahrgästen Platz. Für einige blinde Passagiere gehörte es fast zum guten Ton, auf den Dächern der Güterwagons zu reisen. Etappenweise fuhr ich also mit Inge gen Schlesien. Eines frühen Abends landeten wir in Cottbus. Eine Frau aus unserem „Abteil" bot uns an, bei sich zu übernachten, da sie hier wohnte. Wir nahmen dankend an und sprangen auf den Bahnsteig. Ein junger russischer Soldat kontrollierte mit vorgehaltener Kalaschnikow alle männlichen Insassen. Nachdem ich ihm meine Dokumente der Entlassung aus der amerikanischen Kriegsgefangenschaft zeigte, forderte er mich auf, dass ich darauf noch einen sowjetischen Stempel machen lassen solle, um bei der Weiterreise keine Unannehmlichkeiten zu bekommen.

Was Du dann auch getan hast?

Ja, ganz naiv befolgte ich seinen Rat und ging am nächsten

Morgen auf die sowjetische Kommandantur, um mir diesen Stempel zu holen. Diese befand sich in einem zweistöckigen Gebäude an einer viel befahrenen Straße. Ich frage mich durch und landete in einem Raum am Ende des Ganges. Einem mürrischen sowjetischen Offizier legte ich meinen US-amerikanischen Entlassungsschein vor. Bis heute weiß ich nicht, ob er – wie man es in einschlägigen Filmen immer sieht – einen verdeckten Klingelknopf drückte. Jedenfalls sprang plötzlich die Tür auf und ein Soldat mit der MP im Anschlag stürmte auf mich zu und führte mich aus dem Haus. Wir überquerten eine schmale Seitenstraße (links war ein Zaun und rechts sah ich die große Hauptstraße), betraten einen Hof und gingen durch den Hintereingang in ein kleines Gebäude. Er schob mich derb die Kellertreppe hinunter und ich landete in einem dunklen Raum, der schon mit Männern unterschiedlichen Alters gefüllt war. Dann schloss sich die Tür hinter mir.

Ich wusste nicht, was das alles sollte, doch die anderen Mitinsassen klärten mich auf: Ich befand mich nun schon zum zweiten Mal in Kriegsgefangenschaft, diesmal in sowjetischer. Und das, obwohl der Krieg seit dem 8. Mai beendet war. Ein Irrsinn!

In dem Kellerverlies hatte ich scheinbar Nerven wie Drahtseile und legte mich einfach in eine Ecke und versuchte zu schlafen. Mein Argument: „Wer weiß, was in den nächsten Tagen noch alles auf uns zukommt, da ist es doch besser, ausgeruht zu sein", ließ die anderen nur mit dem Kopf schütteln. Doch im Gegensatz zu den meisten hier unten war ich jung und unverbraucht.

Am nächsten Morgen kam ein sowjetischer Soldat und forderte uns auf, Holz zu hacken. Rotzfrech behauptete ich, dass ich aufgrund meiner schweren Verwundung noch zu keinerlei Kräfte zehrender Arbeit im Stand wäre. Unerwarteterweise akzeptierte der Russe meinen Einwand, forderte mich aber dennoch auf, mit auf den Hof zu kommen. Er brach einen starken Ast von einem Baum ab, drückte ihn mir in die Hand und befahl mir, damit den Hof zu kehren. Ich fegte also und fegte und bewegte mich immer weiter in Richtung des Tores. Das stand nämlich sperrangelweit offen und führte auf die

Seitenstraße mit der gegenüberliegenden Kommandantur. Gleichzeitig beobachtete ich unseren Bewacher. Als sich dieser in der Nähe des Gebäudes mit der Kellertür befand und damit aus meinem Sichtfeld im toten Winkel verschwand, nahm ich mein Herz in die Hand. Ich ließ mein Kehrgerät fallen und ging ohne Hast über die kleine Straße in den Seiteneingang der Kommandantur.

Das müsste man wahrscheinlich aufmalen, um den Fluchtweg genau zu verstehen. Aber mal ehrlich: Du bist zurück an den Ort Deiner Festnahme?

Meine Söhne haben mir früher, wenn ich diese Geschichte jemandem erzählt habe, tatsächlich immer gleich einen Zettel hingelegt, damit ich das besser erläutern konnte. Und ja, ich bin ohne groß darüber nachzudenken in die Kommandantur gelaufen. Dort wimmelte es nur so vor Besuchern, die scheinbar alle hier waren, um irgendetwas von den Sowjets zu bekommen. Ich hoffte für sie, dass es keine Stempel für die Entlassung aus der Gefangenschaft waren. Um Unauffälligkeit bemüht, reihte ich mich ein und wartete. Eine gefühlte Stunde ließ ich so verstreichen und fiel dabei überhaupt nicht auf. Dann spazierte ich wieder gemessenen Schrittes – nicht wie ein getürmter Kriegsgefangener – durch den Haupteingang hinaus in Freie. So simpel war das.

Nun lief ich zu den Leuten, bei denen wir übernachtet hatten. Sie hatten sich riesige Sorgen gemacht und nach und nach erfuhr ich Details. Inge war am Vormittag zur Kommandantur gegangen, um sich nach meinem Verbleib zu erkundigen. Sie hatte sogar Essen für mich dabei gehabt. Ganz naiv hatte sie sich als meine Schwester ausgegeben und wurde an eine Dolmetscherin verwiesen. Diese erklärte ihr wirsch, dass ihr „Bruder", der Schwerverbrecher, geflüchtet wäre und man in einer großen Suchaktion die komplette Umgebung – bisher vergeblich - nach ihm abgesucht hätte. Auf ein Wiedersehen brauche sie gar nicht zu hoffen, da er als Flüchtling sofort an die Wand gestellt und erschossen werde.

Ich war in der Küche und aß mich gerade satt, doch jetzt, mit diesen furchtbaren Informationen konfrontiert, blieb mir der letzte Bissen im Halse stecken. Zur Flucht hatte ich mich aus dem Bauch heraus entschlossen. Hätte ich das Gehirn eingeschaltet, wäre ich wohl niemals auf so eine wahnsinnige Idee verfallen. Dieses „aus dem Bauch heraus" hat mir im Leben danach oftmals weitergeholfen.

Hast Du jemals darüber nachgedacht, was für ein Glück das war?

Warte mal, die Geschichte ist noch nicht zu Ende! Im Spätherbst 1949 bekamen wir einen neuen Kollegen bei den Chemischen Werken in Buna. Karl war gerade erst aus einem Kriegsgefangenenlager in der Nähe von Leningrad entlassen worden. Ich bildete mir ein, den Kerl schon mal irgendwo gesehen zu haben, da war ich mir hundertprozentig sicher und begann ihn auszufragen. Ob er aus Breslau käme? Nein. Ob er mal aktiver Schwimmer war? Nein. Ob er da oder dort mit der Wehrmacht gewesen war? Nein. Im Lazarett in Ulm? Nein. Wir fanden keinerlei Berührungspunkte.

Wochen später erzählte ich ihm beiläufig, wie ich das Ende des Krieges erlebt hatte – zunächst bei den Amis und einen Tag bei den Sowjets in Gefangenschaft. Plötzlich brüllte er: „Und da hast du eine Nacht in der Kommandantur in Cottbus verbracht!" Wie vom Blitz getroffen, schaute ich ihn an. „Und am nächsten Morgen solltest du den Hof fegen und bist getürmt. Stimmt doch, oder?" Plötzlich war mir klar, wo ich ihn das letzte Mal gesehen hatte. 1945 in einem dunklen Kellerverlies. Karl bestätigte mir, dass mich die Rotarmisten überall wie verrückt gesucht hätten und staunte nicht schlecht, dass ich mich eine Stunde in der Kommandantur herumgedrückt hatte – keine 50 Meter vom Keller entfernt.

Heute sehe ich die damalige Sache etwas realistischer. Natürlich hatten die Besatzer damals ganz andere Sorgen, als einem kleinen deutschen Obergefreiten in einer groß angelegten Suchaktion hinterherzulaufen. Aber in jener Zeit hatte ich riesigen Schiss und wollte soweit wie möglich weg. Karls Leidensgeschichten aus seiner vierjährigen Gefangenschaft bestätigten mir im Nachhinein allerdings auch, dass die Flucht die absolut richtige Entscheidung gewesen war.

Drähte und Ziegel – die Nachkriegszeit

Jetzt ging es also weiter in die alte Heimat?

Nein. Durch das überstandene Abenteuer war mir die Lust gehörig vergangen, in Richtung Breslau zu reisen. Zudem verstand ich mich mit Inge immer besser. Waren wir zunächst nur eine Zweckgemeinschaft gewesen, die sich gemeinsam nach Breslau durchschlagen wollte, erwiderte sie meine Zuneigung und es entwickelte sich eine echte Liebesbeziehung. Inge hatte den Schalk im Nacken, steckte auch unangenehme Dinge stets mit viel Humor weg und war zudem hinreißend schön. Da die Straße ins Leben in entgegen gesetzte Richtung führte, machten wir uns auf den Weg nach Lübben. Die Heimat musste erst einmal warten.

Am Stadtrand der Spreewaldstadt kamen wir mit einer Frau ins Gespräch, die mit ihren beiden Töchtern gerade knorrige Äste auf einen kleinen Handwagen wuchtete. Wir halfen beim Sammeln des Brennholzes und so lud sie uns ein, die Nacht bei ihnen zu verbringen. Familie Swinka bewohnte ein unfertiges Einfamilienhaus etwas außerhalb der Stadt in der Brunnenstraße, hatte genügend Platz und so wurde uns im oberen Stockwerk ein kleines Zimmer zugewiesen. Als wir zurück in die Küche kamen, erschraken wir. Dort stand ein untersetzter Mann in Wehrmachtsuniform. „Das ist mein Mann Paul. Er ist der neue Polizeipräsident", sagte unsere Gastgeberin beiläufig. Beim Abendessen klärten sie uns auf. Paul Swinka war früher Milchfahrer gewesen und hatte als Kommunist einige Jahre in verschiedenen KZs gesessen. Nach dem Krieg war er mit ehemaligen Genossen aus KPD und SPD zum sowjetischen Stadtkommandanten gegangen und hatte seine Bereitschaft erklärt, aktiv beim Neuaufbau mitzuwirken. So kam er zu seinem neuen Job und da es noch keine Polizistenkleidung gab, trug er nun, aus Mangel an Alternativen, eine ausrangierte Uniform der Wehrmacht. Den roten Stern am Revers entdeckten wir erst später.

Wir verstanden uns prima und schnell war klar, dass wir länger bleiben können. In einer Zeit, in der ich noch immer nicht wusste, wo meine Eltern abgeblieben waren, übernahm

Familie Swinka eine Ersatzfunktion. In unzähligen Gesprächen überzeugte mich „Vater Paul" davon, dass auch ich einen Beitrag in diesem neuen Land leisten müsse. Nach und nach begriff ich, was die Nazis und letztendlich wir Deutschen in den vergangenen Jahren angerichtet hatten. Es musste hier tatsächlich etwas Neues, Menschlicheres und Besseres entstehen. Ich trat in die KPD ein und war einige Wochen später aktiv daran beteiligt, die Ortsgruppe der FDJ (Freien Deutschen Jugend) zu gründen.

Hast Du Dich dort auch nach Arbeit umgeschaut?

In Lübben wurden keine technischen Zeichner benötigt, aber durch meine Erfahrungen als Funker im Krieg, konnte mich Paul Swinka bei der örtlichen Post als Telegrafenarbeiter unterbringen.

Die Stadt lag in Schutt und Asche und das Netz war kaputt. Schnell war jedoch klar, wer hier als erstes wieder einen Telefonanschluss benötigte: die sowjetische Kommandantur, die Bürgermeister der umliegenden Dörfer und die Schnapsfabrik. Nur die Reihenfolge der Priorität war genau umgekehrt.

Mein erster Auftrag war es also, den Betrieb mit der Alkoholproduktion wieder ans Netz zu bringen. Wir hatten Glück, da die Leitungen bis zum Mast vor dem Gebäude intakt waren. So mussten wir also lediglich zwei neue Drähte an der Häuserwand entlang legen und oben ein Telefon anschließen. Am ersten Arbeitstag bat uns der Chef der Fabrik in sein Büro und sagte: „Ihr seid ja so fleißig. Das begießen wir erst einmal." Am zweiten Tag gab es noch Essen zum Schnaps und am dritten hatten wir endlich den Anschluss gelegt. Das wurde natürlich mit einer Flasche Hochprozentigem begossen.

Die Arbeitsmoral schien ja nicht sonderlich hoch gewesen zu sein?

Ich muss zugeben: wir waren damals sehr faul. Offiziell hatten wir acht Stunden zu arbeiten. Um 8 Uhr bekamen wir in Lübben unsere Aufträge, wo und an welchen Masten wir mit

Steigeisen hinaufzuklettern hatten, um die Leitungen zu reparieren. Die Hinfahrt mit unseren klapprigen Fahrrädern dauerte oftmals schon zwei Stunden. Dort angekommen, mussten wir zunächst zum Bürgermeister, um uns einen Schein fürs Mittagessen zu besorgen. Darauf stand beispielsweise, dass wir bei Bauer Müller ein kostenloses Mahl erhalten würden. Bauer Müller wiederum war sehr überrascht, dass wir dort schon um kurz nach 10 Uhr auftauchten. Unser Trick: laut „Moskauer Zeit", die die Sowjets ja offiziell beibehielten, war es nun schon kurz nach 12 Uhr. Dadurch, dass wir zwei Stunden früher als erwartet kamen, hatte die Bäuerin noch nichts vorbereitet und musste uns nun mit Bratkartoffeln und Spiegeleiern „abspeisen." Das war natürlich viel besser als der Kohleintopf, den es wahrscheinlich zur Mittagszeit gegeben hätte. Nachdem wir uns die Mägen voll gestopft und noch ein wenig geplaudert hatten, arbeiteten wir etwa zwei Stunden, bevor wir den langen Rückweg antreten mussten. Dienstschluss war um 16 Uhr – dann natürlich wieder in „Lübbener Zeit".

Manchmal „ackerten" wir aber auch länger, denn es konnte passieren, dass uns Russen auf dem Heimweg ansprachen und auf ihr kaputtes Fahrrad deuteten. Nein anders: sie nahmen einfach unser funktionierendes Rad und brüllten: „Ich Maschina" und „Du Dokument", was bedeutete, dass sie uns nicht nach unseren Dokumenten befragen würden, wenn wir den Drahtesel rausrückten. Diskussionen waren zwecklos. So kam es, dass ich manchmal schieben musste, aber nie wieder nach meinen Unterlagen der Entlassung aus der Kriegsgefangenschaft befragt wurde.

Die sowjetischen Besatzer haben Dich also in Ruhe gelassen?

Nicht ganz, denn alsbald sollten wir auch in der sowjetischen Kommandantur Leitungen verlegen. Die war in einem großen Schulgebäude untergebracht und wir ließen uns wie immer viel Zeit, da es auch hier richtig gutes Essen gab. Mehrere Büros brauchten hier einen neuen Anschluss. Bis zum Mast vor dem Gebäude verlief ein intaktes fünfzigdrahtiges Kabel. Doch anstatt es gleich ordentlich zu machen, spannten wir für jede einzelne Leitung immer zwei Drähte über den Bürgersteig und die Häuserwand entlang in das entsprechende Zimmer. Irgendwann hing dadurch ein wirres Spinnennetz aus 60 einzelnen Drähten über der Straße. Eine russische Frau aus der Kommandantur fragte uns, ob es denn keine Kabel oder Rohre für die Drähte gebe, damit wir sie gebündelt verlegen und erst im Gebäude verteilen könnten. Sie hatte uns durchschaut.

Um vielleicht noch etwas klarzustellen: Wir waren noch lange keine Freunde der Russen, bzw. Sowjets. Uns war es zu diesem Zeitpunkt einfach egal, ob wir in ihrer Besatzungszone, oder bei den westlichen Alliierten lebten, wobei ich persönlich die russische – durch meine schlimmen Erfahrungen im Kriegsgefangenenlager von Naumburg – sogar vorzog. Paul Swinka hatte mich lediglich davon überzeugt, dass es wichtig wäre, ein anderes Deutschland, als das der Nazis zu errichten und damals dachten wir, dass die Russen dann auch wieder verschwinden würden. So simpel würde das sein.

Hattet ihr zu diesem Zeitpunkt schon Kontakt zu euren Eltern?

Natürlich haben wir die ganze Zeit über versucht, herauszufinden, wo sie abgeblieben waren. Während ich hoffte, über Erwin in Alterode benachrichtigt zu werden, hatte Inge noch nicht eine einzige Nachricht von einem überlebenden Familienmitglied. Doch im Februar 1946 fand sie endlich heraus, dass ihre Mutter und zwei Schwestern in Osternienburg (Anhalt) gelandet waren. Obwohl es mir in Lübben mittlerweile ganz gut gefiel, drängelte Inge darauf, dass wir uns unverzüglich auf den Weg machten. Ich hatte Verständnis, denn auch ich vermisste ja meine Eltern ungemein.

Als wir Köthen erreichten, fragte ich einige Passanten, wie wir denn nun nach Osternienburg kämen. Ich betonte es so, wie man „Ostern" ausspricht. Dies war wahrscheinlich der Grund, warum wir erst nach zig Nachfragen ins benachbarte Osternienburg, das man hier auf dem „ie" betonte, geschickt wurden. Das tränenreiche Wiedersehen von Inge mit ihrer Familie berührte auch mich und schnell war klar, dass wir bei ihnen im Haus in der Ernst-Thälmann-Straße Platz finden würden. Wenige Tage später erklärte mir Inge, dass sie schwanger sei. Nicht nur deshalb war es wichtig, dass ich wieder Arbeit fand.

Und hast Du gleich wieder eine Anstellung gefunden?

Unverzüglich lief ich zum Bürgermeisteramt. Dort warteten bereits etliche Leute in einer langen Schlange, die ebenso auf Tätigkeitssuche waren. Ganz vorn saß ein kleiner Mann hinter einem einfachen Holztisch und befragte die Leute nach ihren Berufen. Ich spitzte die Ohren und hörte, dass er unzählige Male fragte: „Sind sie Dachdecker?" Doch alle verneinten. Endlich war ich an der Reihe. „Was sind sie von Beruf?" Der Kerl mit der Nickelbrille schaute kurz auf. „Dachdecker!", antwortete ich, ohne mit der Wimper zu zucken. Er war glücklich und ich hatte einen neuen Job. Alles ganz simpel!

Als ich zurückkam, umarmte mich Inges Mutter und zog mich nach draußen. „Horst, jetzt müsst ihr aber auch heiraten." Ich hatte mir die Frage gar nicht gestellt, dass unser Kind in eine Ehe hineingeboren werden müsse, aber womöglich hatte sie ja Recht. Wir hatten in den letzten Monaten sowieso immer alles zusammen gemacht und zudem liebte ich Inge. Warum also nicht? Am 21. Juni 1946 war ich ein verheirateter Mann. Lediglich, dass die wahrlich bescheidene Hochzeitsfeier ohne meine Eltern und Freunde stattfand, machte mich traurig.

Es ehrt Dich, dass Du den Hochzeitstag noch weißt! Der gelernte technische Zeichner, ehemalige Funker und Telegrafenarbeiter wurde also Dachdecker?

Unter uns: ich kann mir überhaupt kein Datum merken, nicht einmal die Geburtstage meiner Kinder und Enkel. Doch glücklicherweise wurden wir genau zum Sommeranfang vermählt – und der ist immer am 21. Juni!

Mein Dachdecker-Meister konnte wegen einer Kriegsverletzung kaum richtig laufen und so brachte er mir – meist von unten brüllend – die wichtigsten Handgriffe bei. Oft ging es nur darum beschädigte Doppelfalzziegel von innen auszutauschen, denn die Leute waren schon zufrieden, wenn es nicht mehr hineinregnete. Die Optik spielte dabei eine untergeordnete Rolle. Auf einem ungenutzten Dachboden fand ich eine „Flugzeugladung" Knäckebrot und Sirup, womit ich die Familie versorgte.

An einigen Tagen mussten wir auch bei der Demontage der Solvay-Werke helfen. Warum die Sowjets die ostdeutschen Fabriken nicht stehen ließen und hier produzierten, verstand kein Mensch, denn so achtlos wie wir die Einzelteile in die Container warfen, konnten sie das Werk in Russland garantiert nie wieder errichten.

Auch in Osternienburg wären wir sicherlich länger geblieben, doch wieder einmal überschlugen sich die Ereignisse...

Normerfüllung und Kuchenbleche - in den Buna-Werken

Mach's nicht so spannend. Was ist passiert?

Im Herbst hatte mich der Meister mit nach Halle an der Saale genommen, da wir Material besorgen mussten. Er wollte dort gleichzeitig seinen Bruder besuchen, sodass ich ein wenig Zeit hatte, um allein durch die Stadt zu schlendern. Halle war im Zweiten Weltkrieg recht wenig zerstört worden, doch einige bekannte Gebäude, wie die Marktkirche, hatten schwere Treffer abbekommen. Als ich sie gerade wie „Hans-Guck-in-die-Luft" etwas genauer betrachtete, stieß ich mit einer Frau zusammen. „Mensch kannst du nicht aufpassen Bengel." Ich schaute auf und auch sie blickte mir ins Gesicht. „Mensch Horst, bist du das wirklich?" Ich war es wieder einmal und vor mir stand die Mutter meines ehemaligen Schulkameraden Hardy Preißler, von dem sie leider noch keine Nachricht hatte. Wir unterhielten uns lange, sodass ich zu spät zurück zum Treffen mit dem Meister kam. Doch in dieser Zeit wurde mein Leben in neue Bahnen gelenkt. Frau Preißlers Bruder hatte eine leitende Funktion in der Kaderabteilung der Buna-Werke. Die suchten gerade neue Leute und vermittelten sogar Wohnungen für ihre Mitarbeiter. Zwei Wochen später hatte ich beides: einen neuen Job und ein eigenes Heim für meine Familie in der Brachwitzer Straße in Dölau. Fast parallel dazu erhielt ich über Erwin die Nachricht, dass Tante Agnes mit ihrem Rudi auf einem Bauernhof bei Oschersleben wohnte. Es war ein freudiges Wiedersehen und das Nudelholz hielt sie diesmal nur in der Hand, da sie gerade etwas gebacken hatte.

Die Schwester Deiner Mutter, die damals nicht verstehen konnte, dass Du ein glühender Anhänger der Hitlerjugend warst?

Genau. Eigentlich war sie schon immer meine Lieblingstante gewesen, doch nun bewunderte ich sie umso mehr und schämte mich gleichzeitig ungemein. Als unverheiratete Agnes Kohn wurde sie 1944 in eine Art Konzentrationslager verschleppt, was ich erst jetzt von ihrem Mann Rudi erfuhr, den sie 1946 ehelichte. Sie selbst sprach kein einziges Wort darüber, sondern machte sich ausschließlich Sorgen, was aus ihrer Schwester, also meiner Mutter, geworden war. Ihrem unermüdlichen Einsatz war es letztlich zu verdanken, dass wir sie ausfindig machten, denn ich hatte immer nur diese Klappkarten mit Bitte um Rückantwort ausgefüllt. In einem Auffanglager bei Löbau konnte ich sie wenige Wochen später in die Arme nehmen. Unter Tränen flüsterte ich noch einmal den Satz, den ich im März 1943 bei unserer Verabschiedung gesagt hatte: „Jetzt kommt der Vater auch bald nach Hause!"

Und er kam, denn meine letzte, an Feldwebel Bruno Schubert gerichtete Karte hatte ihn tatsächlich erreicht. Wir bekamen ein Telegramm mit folgendem Wortlaut: „An Horst Schubert. Bin bei Familie Krause in Dortmund. Wo soll ich hinkommen? Gruß Horst Schubert."

Verstehe ich nicht ganz.

Ich verstand es auch nicht. Hatte er womöglich den Verstand verloren, wenn er nicht mal mehr seinen eigenen Namen kannte? Ich war erleichtert, dass er noch lebte und gleichzeitig geschockt. Dummerweise hatte ich zurück geschrieben, dass er nach Dölau fahren müsse und nicht geahnt, dass es womöglich mehrere Orte in Deutschland gab, die so hießen. Aber ausgestattet mit dem „alles-ganz-simpel-Gen", traf er an der Sektorengrenze einen Eisenbahner, der meinte: „Ich bin aus Halle und bei uns in der Nähe gibt es ein Dölau." Treffer! Den Tag, an dem ich nach der Arbeit nach Hause kam und er schäkernd mit Inge am Küchentisch saß, werde ich nie vergessen. Er war zwar sichtlich gealtert, aber keineswegs verrückt geworden. Das Telegramm war lediglich ein Fehler der aufgebenden Dame gewesen. Am Abend rauchte ich mit „Muttel" eine Zigarette vor der Tür. Mit leuchtenden Augen murmelte sie: „Der Vater ist wieder da!"

Auch Deine Augen strahlen ja noch immer, wenn Du davon erzählst. Aber nun mal zu den Buna-Werken. Als was hast Du dort gearbeitet?

Ich wurde jeden Tag vom Betriebsbus in Dölau abgeholt, der mit uns durch Halle nach Schkopau bei Merseburg fuhr. Herr Preißler hatte mich zunächst als Hilfsschlosser bei Buna untergebracht, mit der Aussicht bald wieder als Technischer Zeichner arbeiten zu können. Auch Vater fand wieder Arbeit als Haushandwerker und Nachtwächter bei einer Versicherung. Wie schon bei Stiebler in Breslau, befand sich am Hinterausgang seines Betriebes der Puff. Doch im Gegensatz zu früher war er nun ein alter Mann, den die leichten Damen fürsorglich mit Essen und Zigaretten versorgten, da sie froh waren, dass hier jemand aufpasste. Mutter moserte, dass er immer dort arbeitete, wo sich die Nutten herumtrieben.

Mein Stundenlohn von 1,30 Reichsmark bei Buna war natürlich lächerlich, doch wir bekamen genug zu Essen und außerdem war es eine Zeit des Handelns und Tauschens. Wie später überall in der DDR üblich, musste man nur die richtigen Leute kennen, die Sachen besorgen konnten. Immer wenn irgendwo Alkohol, Kaffee, Seife oder Baustoffe „vom LKW gefallen" waren, sprach sich das blitzschnell herum und die begehrten Waren wurden in den umliegenden Dörfern gegen Lebensmittel eingetauscht. Auf diesem Weg war eigentlich alles erhältlich.

Wäre es nicht einfacher gewesen, wenn ihr alle zusammen nach Westdeutschland gegangen wärt?

Die Idee in den Westen zu gehen, kam uns damals nicht in den Sinn und nach Breslau konnten wir ja nicht mehr zurück, da es jetzt polnisch verwaltet wurde. Wir waren froh, dass unsere Familie wieder beisammen war und als unser Sohn Klaus, Dein Vater, im September 1946 geboren wurde, war klar, dass unsere neue Heimat Dölau bleiben würde. Warum sollten wir denn auch weggehen, wenn es uns hier gut ging? Kein Mensch wusste, ob es dort besser aussah und außerdem war ich seit neustem SED-Mitglied, da sich die KPD mit der SPD in der sowjetischen Besatzungszone im April 1946 vereinigt hatte.

Den hiesigen Aufschwung organisierten wir selbst. Auf schon abgeernteten Feldern gingen wir Kartoffeln stoppeln

und Ähren lesen, züchteten Karnickel und kochten Rübensi-
rup in riesigen Bottichen in der Waschküche. Die Parole: „So
wie wir heute arbeiten, werden wir morgen leben", verinner-
lichten die Leute eher im Privaten.

Was hast Du als Schlosser in den Buna-Werken gemacht?

Moment, ich war nur Hilfsschlosser und arbeitete in den Kar-
bidwerken. Dort war ich für die Instandhaltung der Becherwerke verantwortlich. Das gebrannte Kalziumkarbid lief
durch eine etwa 20 Meter lange Trommel durch die Halle und
kühlte dabei langsam ab. Dann fiel das Material in einzelne
Becher, die an einem Laufband befestigt waren. Sobald das
Karbid auf Güterzüge verladen war, mussten wir die Anlage
stilllegen und jemand drehte per Handwinde das Transpor-
band, sodass wir Becher für Becher auf eventuelle Schäden
kontrollieren konnten. Bei Bedarf mussten wir sie dann aus-
tauschen.
   Da wir manchmal nur zwei Becher am Tag auszuwechseln
hatten, kam die Betriebsleitung auf die Idee, das Akkordsys-
tem einzuführen, denn angeblich „machten wir ja nichts".
Also holten wir morgens vor Schichtbeginn immer vier alte
Becherwerke vom Schrottplatz, um unser Soll zu erfüllen. So
wurden wir, obwohl Adolf Hennecke mit seiner 380-prozen-
tigen Normerfüllung erst 1948 in Erscheinung trat, schon vor
ihm die „Henneckes der Karbidwerke". Doch wahrscheinlich
durchschauten sie unsere Methode, denn der Akkord wurde
in unserem Bereich schnell wieder abgeschafft.

Konntest Du dann wieder in Deinem alten Lehrberuf tätig sein?

Tatsächlich bekam ich recht bald die Stelle als Technischer
Zeichner in der Hebezeugwerkstatt A92. Dennoch war ich
auch dort weiterhin für die Wartung und Reparatur der
Kräne, Bagger und Aufzüge mitverantwortlich und viel mit
dem Betriebsfahrrad unterwegs, denn das Gelände der ehemaligen IG Farben war riesengroß. Meine neuen Kollegen
erzählten mir, dass es hier gestattet sei, Holz, Bleche und
sonstige Materialien mitzubringen, um sie nach der Arbeit

mit den betriebseigenen Werkzeugen zu bearbeiten. Ich besorgte mir also verrostete Blechstücke und holte mir dafür am Morgen beim Pförtner an der Einfahrt einen Materialeingangsschein. Im Werk warf ich das Blech einfach fort, schnappte mir ein nagelneues Blech, aus welchem Explosionsdeckel für die Karbidgüterzüge gemacht werden sollten und bearbeitete dieses sorgfältig. Am Abend ließ ich mir von Betriebsleiter Kühling einen Ausgangsschein unterschreiben, der besagte, dass ich das so entstandene Kuchenblech aus mitgebrachtem Material außerhalb der Arbeitszeit hergestellt hatte. Nichts davon stimmte und die guten Stücke tauschte ich zusammen mit meinem Vater am Wochenende auf den Dörfern gegen Fleisch, Wurst, Eier und Brot.

Das ist ja fast Diebstahl, aber gut, mittlerweile ist das auch verjährt. Gibt es noch etwas, was Du beichten möchtest?

Unsere Kraftwerke liefen auf Braunkohlebasis und besonders im Herbst verwitterten die Briketts auf riesigen Halden im Werksgelände. Jedem Mitarbeiter war es daher gestattet, einmal im Jahr zwei Zentner „unbrauchbare" Kohle mitzunehmen. Wir Dölauer durften das Viertelzentnerweise machen. Vater nähte mir dafür extra einen riesigen Rucksack und zu Hause übten wir solange, bis wir einen Dreh gefunden hatten, dass dort 60 Briketts hineinpassten. Am Nachmittag rief ich „Kran-Schulze" mit seinem Bagger zu uns. In der Schaufel befanden sich neuwertige Briketts, die er neben der Halle auslud, da ja nun „die Reparatur" anstand. Der Kerl an der Pforte zeichnete abends meinen Rucksack mit flüchtigem Blick ab und zusammen mit dem Holz der Bäume, die wir per Flaschenzug aus Lichtungen zogen, den Pfahlwurzeln und Stubben der Kiefern heizten wir zu Hause ordentlich ein.

Außerdem verkauften wir Karbidlampen an die Bauern der Umgebung. Karbid reagiert zusammen mit Wasser zu Acetylen und brennt. Bei Fahrrad- und Bergbaulampen wurde diese chemische Reaktion oftmals angewandt und da es damals häufig zu Stromsperren kam, fanden die Lampen reißenden Absatz. Das gute an dieser Einnahmequelle: irgendwann ging den Bauern das Karbid aus, welches sie dann nur über uns beziehen konnten. Obwohl das dreist klingt, ist unsere Wirtschaft daran nicht kaputt gegangen. Vielleicht waren wir auch deshalb so unverschämt, weil die Buna-Werke nicht „uns" gehörten. Die Chemischen Werke Buna – mit ihrem späterem Slogan: „Plaste und Elaste aus Schkopau" – gehörten zur SAG (Sowjetischen Aktiengesellschaft) und wurden erst 1954 in Volkseigentum überführt.

Hast Du neben der Arbeit noch irgendetwas anderes gemacht? Ein Hobby?

Schon bald war ich wieder als Schwimmer aktiv und als im Herbst 1948 die „Zentralsportgemeinschaft der Chemischen Werke Buna" gegründet wurde, war ich eines der ersten Mitglieder. Einige Monate später sprach ich beim sowjetischen Generaldirektor Filimonow vor und fragte, ob wir Schwimmer auch einheitliche Badebekleidungen zur Verfügung gestellt bekommen könnten. Manchmal war alles ganz simpel, denn ich hatte Glück, da Filimonow in seiner Jugend begeisterter Wasserballer gewesen war. Er bewilligte uns einige Meter kostbares Filtertuch. Der Sport sollte übrigens mein Leben wieder einmal grundsätzlich verändern.

Verstehe nur Bahnhof - Theorie an der DHfK in Leipzig

Ein Leben in Halle-Dölau und eine Arbeit bei Buna. Warst Du denn zufrieden im Osten?

Charmant formuliert, aber als die DDR am 7. Oktober 1949 gegründet wurde, lief mein Leben in geregelten Bahnen. Ich hatte meine komplette Familie um mich herum, der kleine Klaus entwickelte sich prächtig und unser zweites Kind Volker sollte im August 1950 das Licht der Welt erblicken. Nicht nur deshalb waren wir in eine neue Wohnung gezogen, bei der schon die Postadresse Zuversicht versprach: Eigene Scholle 2.

Auch in den Buna-Werken lief alles nach „Plan" und seit der Währungsreform hatte ich jedes Jahr mehr DDR-Mark in der Lohntüte mit nach Hause gebracht. Durch das Schwimmen hielt ich mich in Form und wäre bei Wettkämpfen sicher noch besser gewesen, wenn wir ein Auto gehabt hätten. So ließ ich das Training öfter einmal ausfallen, da die Rückfahrt, über Merseburg mit Straßenbahn nach Halle und dann weiter nach Dölau mit der Hettstedter Kleinbahn, eine kleine Weltreise war. Mit dem Betriebsbus nach Dienstschluss war ich wenigstens zum Abendessen daheim.

Der Sport krempelte dennoch Dein Leben um?

Der Wunsch nach Freizeitbeschäftigungen war schon in den Nachkriegsjahren sehr groß und so hatten sich Ende 1949 in Buna bereits 17 Sportabteilungen gebildet. Im Werk gab es mittlerweile sogar eine Betriebssportleitung mit vier hauptamtlichen Mitarbeitern. Einer von ihnen sprach mich eines Tages an, ob ich an einem Übungsleiterlehrgang an der Landessportschule teilnehmen wolle. Da ich dafür sechs Wochen freigestellt wurde, war das wie ein bezahlter Urlaub und so ließ ich mich gerne nach Freyburg an der Unstrut schicken.

Da ich mich dort scheinbar nicht ganz dumm angestellt hatte, delegierte man mich direkt im Anschluss zu einem fünfmonatigen Übungsleiterlehrgang, der auf höherem Niveau in Leipzig stattfand. Dieser sollte die Kursteilnehmer zur Hochschulreife führen und zur Vorbereitung der Gründung einer Sporthochschule dienen. Wir waren sozusagen die Versuchskaninchen. Im Anschluss daran wurde ich gefragt: „Willst du denn nun hier studieren oder nicht?" Wollte ich nicht! Mir gefiel meine Arbeit in den Buna-Werken und höhere Ziele hatte ich mir nie gesteckt.

Letztendlich war es mein Vater, der stundenlang auf mich einredete und immer wieder betonte: „Wir hatten nie diese Möglichkeit. Nutze deine Chance!" Somit gehörte ich im Herbst 1950 zusammen mit 91 anderen Frauen und Männern zu den ersten Studenten an der neu gegründeten DHfK (Deutsche Hochschule für Körperkultur) in Leipzig. Um es vorweg zu nehmen: trotz der wenigen Damen (26) gab es in unserem Studienjahrgang am Ende sage und schreibe 14 Paare und 13 davon heirateten später sogar.

Zwei Dinge änderten sich in meinem Leben als angehender Diplomsportlehrer maßgeblich. Zum einen musste ich nun ins Internat in die Friedrich-Ebert-Straße ziehen und zum anderen begann ich meine verloren gegangene Jugend nachzuholen. Wir hatten allesamt diesen fürchterlichen Krieg und die bitteren Jahre danach erlebt, doch während des Studiums kehrten wir endgültig ins Leben zurück. Einen Wermutstropfen gab es für mich dennoch. Inge und die Kinder sah ich von nun an nur noch an den Wochenenden. Manchmal hatten wir da sogar Wettkämpfe.

Das letzte Mal hattest Du in Breslau die Schulbank gedrückt. War es schwierig, wieder hineinzukommen?

Das Studium war für mich überraschend einfach zu bewältigen, wahrscheinlich auch, weil ich es nicht so bitterernst nahm. Natürlich hatten die meisten - wie ich - nur eine achtjährige Volksschulbildung absolviert und die lag oftmals schon Jahre zurück, sodass man sich ans Pauken erst wieder gewöhnen musste. Doch wir verstanden uns alle vom ersten Tag an prächtig und halfen uns gegenseitig, wenn Not am Mann war, aus der Patsche.

In Leipzig zeigte sich schnell, dass meine vielleicht größte Stärke das Organisieren ist. Ich wurde zum 2. Sekretär der

FDJ-Hochschul-Gruppenleitung gewählt, um zusammen mit Günter „Paddel" Hegewald die Interessen der Studenten zu vertreten. Oftmals mussten wir Hannelore Bänder vom Deutschen Sportausschuss energisch bearbeiten, dass man Studenten, die die Hausordnung mal eigenmächtig außer Kraft gesetzt hatten, nicht bestrafte. Nachtruhe war nämlich bereits um 22 Uhr, doch man durfte sich eigentlich bloß nicht vom Pförtner erwischen lassen und musste am nächsten Tag anwesend sein. Obwohl wir um 6 Uhr von Lautsprechern geweckt wurden und die Vorlesungen zum Teil schon um 7 Uhr begannen, gab es nie Klagen.

Wir verteilten Handzettel, gestalteten Partys und organisierten sogar einen DHfK-Funk, indem wir die Sprechfunkanlage in den Gängen mit einem Radio und Mikrofon koppelten. Günter und Manfred richteten sogar ein eigenes Fotolabor ein und zweckentfremdeten dafür nachts eine Toilettenkabine. Mein Freund Günter war sowieso ein Multitalent, denn er konnte sogar die singende Säge melodisch erklingen lassen, während sie bei mir nur quälende Jammertöne hervorbrachte.

Gibt es weitere Anekdoten, an die Du Dich noch heute erinnerst?

Etliche. Im Russischunterricht verstand zum Beispiel nicht nur Lothar Mosler beim Thema „Woksal" (Bahnhof) oftmals nur selbigen. Legendär waren seine Antworten, wenn er von Lehrer Georg Franke angesprochen wurde, um etwas zum jeweiligen Sachgebiet zu sagen. Er sagte dann immer „Da." (Ja) Der Lehrer: „Geht das auch ein bisschen zusammenhängender?" Lothar nickte: „Da, da, da!" Doch auch Franke schmunzelte in sich hinein. Als er uns mal ein russisches Lied beibringen wollte, welches wir nicht kannten, rief er: „Mensch, das grölen die Russen doch immer auf ihren LKWs."

Weder das Wort „grölen" war nun noch erwünscht noch „Russen", da es nur noch im Wortschatz der Westdeutschen vorkam. In der DDR waren es längst die „sowjetischen Freunde". Erst im Laufe der Zeit verstanden wir, dass der Schorsch (Georg) nur das tat, wozu er beauftragt war: uns die russische Sprache zu lehren. Eine sowjetische gab es nämlich nicht.

Franke war sowieso ein ungewöhnlicher Mann. Einmal nahm er eine Zeitung vom Katheder, zeigte sie uns und sagte: „Dies ist die ‚Prawda'. Das ist in der Sowjetunion das, was früher bei uns der ‚Völkische Beobachter' war."

Erst Jahre nach Stalins Tod, ahnte ich, dass er mit seiner krassen Einschätzung der damaligen Parteizeitung gar nicht so falsch gelegen hatte. 1951 bekam er für diese Aussage nur deshalb keinen Ärger, weil ihn niemand verpfiffen hatte. Wir mochten seine direkte Art und die Antwort auf die Frage, ob bei diesem eigenwilligen Lehrer alle den Abschluss erlangt haben, lautet: „Da!" Manche Mädchen auch nur: „Weil sie immer so gut gerochen haben", gestand uns Schorsch auf einem späteren Treffen.

Klingt ja so, als wäre das alles ganz simpel gewesen.

Das war es nicht immer. Im Biologie- und Geografieunterricht galt mein bester Freund Heinz Sachse als Wackelkandidat, der in diesen Fächern zwischen zwei Noten schwankte. Nur diese Studenten wurden mündlich getestet. Es gab also einen Aushang mit den Namen der Prüflinge, doch das Prüfungsfach fehlte. Heinz spekulierte auf Biologie, da er dort ziemlich dicht vor dem Abgrund stand. Er hatte gebüffelt und aalte sich mit uns am offenen Fenster in der Sonne, als die Geografie-Lehrerin vorbeikam. „Na den Herrn Sachse sehen wir ja gleich!" Wie von der Tarantel gestochen, rannte er aus dem Zimmer und stürmte den Gang entlang. Er hatte Glück und konnte die Lehrerin abpassen. Mit zittriger Stimme erklärte er ihr, dass er lediglich von Mitteldeutschland etwas Ahnung hätte. Vom Titicacasee und Popocatepetl habe er auch schon mal was gehört.

In der Prüfungskommission ergriff sie sofort die Initiative und schickte einige Prüflinge auf eine Reise um die komplette Erde. „So und nun zu Herrn Sachse", sagte sie irgendwann. „Kommen wir bei Ihnen einmal zu heimischen Gefilden, genauer gesagt zu den mitteldeutschen Gebieten der DDR."

Es muss eine denkwürdige Geografieprüfung gewesen sein, denn Lothar Mosler korrigierte den Fragesteller aufgebracht, als es darum ging, welche Getreidesorte in einem bestimmten Teil der Sowjetunion angebaut wird. „Nein, da muss ich ihnen widersprechen. In dieser Region wird überwiegend Roggen angebaut! Ich habe es mit eigenen Augen gesehen." Die Weisheiten aus einem Lehrbuch kamen gegen die Lebenserfahrung eines deutschen Soldaten oftmals nicht an. Als ein anderer Schüler bei den höchsten Vulkanen Amerikas stockte, fragte die Geografielehrerin: „Herr Sachse, können sie vielleicht weiterhelfen?" „Ja, z.B. der Popocatepetl bei Mexiko Stadt." Bald wurde nach dem größten Binnensee von Südamerika gefragt. „Da können wir ja sicherlich noch einmal den Herr Sachse fragen?" „Klar, kein Problem", antwortete dieser selbstbewusst. „Gesucht ist der Titicacasee zwischen Peru und Bolivien." Für Heinz war alles prima gelaufen. In Biologie wurde er nicht mehr geprüft und in Geografie hatte er sich, dank einer herzensguten Lehrerin, sogar um eine Note verbessert.

Vielleicht noch eine Geschichte, in der auch Du eine Rolle spielst.

In Deutsch gehörte Heinz Sachse zu den Besten und da auch ich mit dieser Sprache ganz gut umgehen konnte, hatte uns Studienrätin Dr. Malige ins Herz geschlossen. Viele andere hatten das Volksschuldeutsch fast vergessen und vor allem Probleme mit der Kommasetzung. Uns lobte sie immer als Gegenbeispiel und fragte, wo wir das so gut gelernt hätten. „Ich setze die Kommata eigentlich einfach nach Gefühl", sagte ich beiläufig. Heinz nickte bestätigend. „Um Himmels Willen", sagte die Lehrerin. „Aber gut, jetzt habt ihr ja die Regeln gelernt und macht es bitte nun auch danach." In der nächsten Arbeit schrieben wir beide eine Vier. Der Text wimmelte nur so vor Fehlern. Frau Dr. Malige bat uns, nach der Stunde kurz zu bleiben. „Setzt die Zeichen in Gottes Namen bitte wie vorher nach Gefühl!" Und siehe da: danach flutschte es wieder.
Dann gab es da noch die Abschlussprüfung in Physiologie bei Dr. Kurt Tittel. Der hatte angekündigt, dass er aus den vier Problemkreisen der Physiologie drei Themen für die

schriftliche Prüfung auswählen werde, aus denen wir Delinquenten ein uns genehmes aussuchen könnten. Wir waren kühle Rechner: man müsse sich dann ja nur auf zwei Themen vorbereiten. Zum Beispiel Atmung und Blutkreislauf oder Ernährung und Muskel. Im ungünstigsten Fall wäre eines dieser Themen auf jeden Fall mit dabei.

Am Prüfungstag stellte sich Dr. Tittel vor den Pult und erklärte nuschelnd: „Leider sind ja einige Studenten heute nicht anwesend, da sie Wettkämpfe haben. Deshalb werde ich heute nur zwei Themengebiete zur Auswahl stellen, damit für die anderen noch etwas übrig bleibt." Totenstille im Saal. Als die Fragen kamen, hörte man einige erleichtert aufatmen. Bei nicht wenigen hingegen wechselte die Gesichtsfarbe von leichenblass in tiefrot. Es waren genau die Themen, die sie nicht gelernt hatten.

Obwohl wir die Toilette nur einzeln und nacheinander aufsuchen sollten, marschierten wir unter dem Vorwand eines „plötzlichen, fürchterlichen Durchfalls" oder einer „hartnäckigen Nierenerkrankung" scharenweise aufs Klo, wo sich dann die „Glücklichen" mit den „Pechvögeln" trafen. Bei so viel Kameradschaft und auch wegen der wohl gesonnenen Einstellung des Lehrkörpers, was die Einhaltung der Toiletten-Vorschriften betraf, konnten am Ende fast alle die Abschlussprüfung in Physiologie bestehen. So gesehen: Eigentlich war alles ganz simpel.

Ist doch Scheiße – Praxis an der DHfK in Leipzig

Den theoretischen Teil konntest Du also ganz gut bewältigen, aber ihr wart ja eigentlich in Leipzig, um Diplomsportlehrer zu werden?

Haargenau, doch auch in den sportpraktischen Fächern hatte fast jeder seine Stärken und Schwächen. Immerhin gab es aktive Spitzensportler in unseren Reihen. Jedoch konnte ein exzellenter Turner eben noch lange nicht perfekt Rugby spielen und ein hervorragender Leichtathlet nicht genauso schnell schwimmen. Schließlich wurden wir in allen Disziplinen gleichermaßen geschult und geprüft.

Schienen schon einige unserer Lehrer dem Film „Feuerzangenbowle" mit Heinz Rühmann entsprungen zu sein, war einer der Sportlehrer ein echtes Original. Dr. Hans Schingnitz war ein blonder, stets etwas kauzig dreinschauender Mann Ende 30 mit markanten Gesichtszügen. Man kannte ihn wahrscheinlich in ganz Leipzig. Sein Markenzeichen waren sportliche Knickerbocker, lange Strümpfe und sein museumsreifes Fahrrad, das er überall unangeschlossen stehen ließ. Am Hauptbahnhof auch mal 14 Tage, wenn es auf eine längere Reise ging.

Schon in der Nazizeit war er aktiver Lehrkörper gewesen und hatte sich besonders auf die Bereiche Leichtathletik, Boxen, Rugby und Ringen spezialisiert. In den ersten Stunden wirkte er auf uns sehr ernst, unnahbar und weltfremd.

Doch das war die größte Fehleinschätzung unserer Studienzeit, denn Dr. Schingnitz wurde schon bald zu unserem Lieblingslehrer. Je länger man ihn kannte, sah man, dass in dieser rauen Schale, ein zuvorkommender und überaus humorvoller Kerl steckte, der stets auch dem Pförtner und den Putzfrauen höflich und mit Achtung entgegentrat. Und auch wir Schüler konnten immer auf Augenhöhe mit ihm sprechen.

Was machte ihn so besonders als Lehrer?

Ein Beispiel: Rugby war neben Boxen die große Leidenschaft

des Dr. Schingnitz. „Druck", „Fassen", „Gasse" und „Gedränge" höre ich ihn noch heute brüllen und erinnere mich daran, dass mir manchmal schon die Luft wegblieb, während der Lehrer von hinten weiterhin: „Druck!", „Druck!" brüllte, obwohl die Pille längst schon bei den Stürmern war.

Die DHfK trat ja in vielen Disziplinen auch als offizielle Mannschaft an. Oftmals spielten unsere Teams sogar in den oberen Ligen und errangen unzählige Titel. Während meiner Zeit holten zwei Mitstudenten bei den DDR-Meisterschaften in der Leichtathletik sogar einen 1. und einen 2. Platz. Unsere Nachfolger sollten die Sportschule noch zu viel größerem Ruhm führen und von 1950 bis 1990 erwarben hier ca. 16 000 Studenten (davon 4000 im Fernstudium) ihr Hochschuldiplom.

Beim großen Auftritt unseres Rugbyteams war ich nur Zuschauer. Das Spiel gegen Hennigsdorf fand in Leipzig Leutsch vor dem Fußballmatch „Chemie Leipzig" gegen „Horch Zwickau" statt. In den Tagen zuvor hatte es stark geregnet. Das Spielfeld bestand eigentlich nur noch aus Schlamm und großen Pfützen. Gleich zu Beginn der Partie rutschte ein Hennigsdorfer in Dr. Schingnitz hinein und riss ihn um, sodass er der Länge nach in die schmutzig-braune Pampe fiel. Danach kannte er kein Halten mehr. Wehe der Ball besitzende Spieler befand sich in der Nähe einer Pfütze. Sofort sprintete Schingnitz dort hin und warf ihn mit einem Hechtsprung zu Boden. Es entwickelte sich eine legendäre Schlammschlacht, die zur Halbzeit beim Stand von 0:0 abgebrochen werden musste, damit danach auf dem Acker noch Fußball gespielt werden konnte. Unter dem Jubel der Zuschauer verließ unser Lehrer das Stadion.

Doch seinen berühmtesten und bis heute am häufigsten wiederholten Satz gab unser Lehrer beim Schwimmen von sich. Das war eigentlich gar nicht seine Sportart. Doch als Vertretungslehrer stand Dr. Schingnitz in einer der ersten Stunden am Beckenrand und rief mir seiner knorrigen Stimme: „Kann hier jemand nicht schwimmen?" Schüchtern meldete sich einer meiner Kommilitonen. Vollkommen unerwartet schubste ihn Schingnitz ins Wasser und ließ ihn dann sekundenlang panisch zappeln. Kopfschüttelnd zeigte er mit dem

Finger auf ihn und meckerte: „Na, sag doch mal selbst. Ist das nicht Scheiße, wenn man nicht schwimmen kann?" Zu seiner Ehrenrettung: im gleichen Moment sprang er ins Wasser und holte den nach Luft japsenden Studenten hinaus. Sobald sich später ein Mitstudent in einer Disziplin, z. B Volleyball, etwas unbeholfen anstellte, riefen alle anderen im Chor: „Sag doch mal selbst. Ist das nicht Scheiße, wenn man nicht Volleyball spielen kann?"

Der berühmte Nichtschwimmer kannst Du ja nicht gewesen sein. Gibt es noch ein Erlebnis mit eigener Beteiligung?

Ich erinnere mich noch gut an das Semester, in dem wir Boxen mussten. Mein Mitstudent Richard Fehlinger, ein eher schmächtiger Junge mit Brille, der allerdings beim Bodenturnen ohne mit der Wimper zu zucken einen Auerbachsalto sprang, war mein Gegner. Wir tasteten uns ab, doch besonders Richard blieb – ohne seine Sehhilfe - stets in der Defensive. Dr. Schingnitz brüllte ihn an: „Willst du denn nicht endlich mal boxen?", doch Fehlinger rief zurück: „Herr Doktor, ich sehe doch gar nichts!" „Was siehst du denn?" „Nur Nebel." Schingnitz antwortete ungerührt: „Dann hau rinn in den Nebel!" Auch das wurde zum geflügelten Wort. Noch heute verabschieden wir uns bei DHfK-Treffen immer mit: „Na dann, hau rinn in den Nebel!"

Ein letzter Satz zu diesem bemerkenswerten Lehrer. Gegen Ende der Studienzeit schilderte er uns mal einen eigenen Boxwettkampf. Der starke Gegner war einer seiner besten Freunde und im Publikum saß seine Angebetete. Bildlich beschrieb er das Duell in allen Einzelheiten, auch, wie er immerzu dachte, dass er die Frau auf den Rängen beeindrucken müsse. In der 3. Runde ging plötzlich alles ganz schnell: „Und eins und zwei – und noch eine rechte Gerade und dann lag er unten." Kurz darauf schaute er betröpfelt zu Boden: „Ich hatte gewonnen", flüsterte er und nach einer längeren Pause fügte er traurig hinzu, „und dann hat sie den anderen geheiratet."

Du kannst mir doch nicht erzählen, dass ihr während eurer Studienzeit nur gebüffelt oder Sport getrieben habt?

Natürlich – wir waren ganz brave Studenten. Im Ernst: gleich im ersten Semester entdeckte Heinz Sachse das „CT" – ein vornehmes Lokal mit Damenkapelle und Tanz im Schauspielhaus. Sofort war klar: das erste Haus am Platze wird unsere Stammkneipe. Man muss sagen: wir waren nicht oft dort – nur von Montag bis Freitag jeden Tag. Natürlich ging das ins Geld, zumal ich die 180 Mark Stipendium zu Hause bei Inge abgab. Doch nebenbei verdiente ich mir bereits ein kleines Taschengeld als Übungsleiter und durch die Bombenverpflegung im Internat brauchte ich ja sowieso nur Kohle für Alkohol und meine Caro-Zigaretten. „Zwanzisch Mark – und dann ins CT" wurde unser Leitspruch.

Außerdem spürte Lothar Mosler in Panitzsch, unweit von Leipzig, eine Fabrik auf, die Obstwein herstellte. Er hatte erfahren, dass man dort wenn man 300 Gramm Zucker abgab, die Literflasche für nur 90 Pfennig erhielt. Als so genannte Spitzensportler kamen wir ohne weiteres an massenhaft Zucker heran, welchen wir alsbald nicht mehr zur Leistungssteigerung einnahmen, sondern (zu unserer späteren Schwächung) in der Panitzscher Weinfabrik abgaben.

Im „CT" und anderen Lokalen konnte man damals nämlich eigene Flaschen mitbringen, wenn man am Eingang ein vorgeschriebenes „Korkengeld" bezahlte. Auch das sparten wir uns, denn wir schmuggelten unsere Pullen einfach hinein und bestellten zu sechst eine Flasche Weißwein. Nun hatten wir sogar Gläser, um unseren Fruchtwein zu süffeln.

Ich kenne Dich heute eigentlich eher als leidenschaftlichen Biertrinker.

Damals war Bier im Verhältnis zu unserem Obstwein relativ teuer, doch einmal bekam das „CT" auch Porter, also dunkles Bier, geliefert. Da wir es alle einmal probieren wollten, bestellten wir bei unserer Stammkellnerin Frau Weimann jeder eine Flasche. Doch am Ende des Abends vergaß sie, diese abzurechnen.

Beim nächsten Besuch hatten alle gerade ihr Stipendium bekommen. Als sie abkassieren wollte, sagten wir: „Frau Weimann und dann bezahlen wir noch die sechs Porter, die Sie beim letzten Mal vergessen haben!" Sie zog sich einen Stuhl zu uns heran und murmelte: „So etwas ist mir ja mein ganzes Leben noch nicht passiert." Seit jenem Tag hatten wir bei ihr unbegrenzten Kredit und kamen auch mit auffälligen Taschen immer problemlos hinein. Manchmal habe ich heutzutage das Gefühl, dass sich unser halbes Studentenleben im „CT" abgespielt hat, denn sogar wenn ich Inge später einmal dorthin ausführte, traf ich immer einen meiner Spezies, sei es Karl-Heinz Balzer den Stabhochspringer, den Fußballer Horst Scherbaum oder eben Heinz Sachse den Turner.

Eine legendäre Party ist Dir doch sicherlich auch in Erinnerung geblieben?

Immer an einem Montag hatten wir Parteilehrjahr. Am Tage des Faschings machte sich Unruhe breit. Überall flüsterte man: „Geht ihr denn hin?" Erich Bunzel war es schließlich, der sich traute den Parteisekretär zu fragen, ob wir den „heiligen" Termin verschieben können. Der Grund: im großen Saal am Zoo fand der Rosenmontagsball mit dem Rundfunktanzorchester unter Kurt Henkels statt. Da mussten wir hin!

Es gelang und so schlüpften wir in unsere eleganten weißen Hosen und Hemden vom Berliner Deutschlandtreffen, ließen uns die Arme und Gesichter von der kleinen Knilch (alias Sigrid) mit Mickey Mäusen bemalen und gingen so tätowiert feiern. Jemand besorgte sechs bereits abgerissene Karten, sodass wir ohne Eintritt hineingelangten. Als ich mit Heinz gerade mal einen Tanz ausließ und durch das Lokal bummelte, entdeckten wir Hans „Bolle" Bolt mit einer Studentin an einem Tisch. „Der Schweinepriester hat noch Kohle", murmelte ich, denn sie tranken genüsslich eine teure Flasche Weißwein. Als er uns sah, winkte er herüber und rief: „Setzt euch doch dazu!" Wir kamen ins Gespräch, doch als die Tanzkappelle aufhörte zu spielen, sagte Bolle plötzlich: „Oh, jetzt müssen wir aber verschwinden. Dort hinten kommen die Leute, die eigentlich hier sitzen." Der Trick sprach sich schnell unter uns Mittellosen herum und so wurde der Rosenmontag nicht nur ein äußerst amüsantes Tanzvergnügen, sondern auch noch ein feuchtfröhliches.

Doch irgendwann war auch das schönste Studium einmal zu Ende. Nach dem offiziellen Festakt floss der „Sovetjskcje Schampanskoje" auf den Zimmern, bevor wir die Gaststätte an der Pferderennbahn belagerten und bis zum Schankschluss böse versackten. Wie wir von dort zurückgefunden haben – und ob wir noch im „CT" waren - weiß ich bis heute nicht.

Bleisatz und Cicero – der Anfang im Sportverlag Berlin

Bevor wir weitermachen: Dein Sohn – mein Vater – studierte später ja auch an der DHfK. Hatte er noch dieselben Lehrer?

Trotz einiger Zu- und Abgänge: größtenteils ja. Klaus sollte 1958 zunächst an die KJS (Kinder- und Jugendsportschule) in Halle delegiert werden. Er war ein hoch talentierter Fußballer und Leichtathlet – besonders in den Wurfdisziplinen – doch er wurde dort nicht genommen. Inge rief aufgebracht in der Schule an. Man sagte ihr, dass sie jährlich nur vier Kinder von Nicht-Arbeitern aufnähmen. Er läge an fünfter Stelle und könne daher nicht berücksichtigt werden. Der Rektor dieser Schule war Wolfgang Lohmann, der in meiner Studienzeit noch Rektor an der DHfK gewesen war. Wütend setzte ich mich ins Auto und fuhr nach Halle. Lohmann strahlte: „Horst, bist du das wirklich?" Ich schmunzelte, denn auch diesmal war ich es und fragte ihn vorwurfsvoll: „Warum hast du mich damals eigentlich in der Diplomprüfung nicht durchfallen lassen?" Er schaute mich fragend an: „Wie meinst du denn das?" „Tja, vor dem Studium war ich all die Jahre Arbeiter gewesen und durch euer Diplom gehöre ich plötzlich zur Intelligenz. Deswegen darf mein Sohn jetzt nicht an eure KJS!" Mein ehemaliger Rektor schwieg einen Moment und murmelte dann: „Die Vorschriften mit der Arbeiterklasse mache ich doch nicht " Im nächsten Jahr wurde Klaus an der Sportschule zugelassen.

Obwohl ich während meiner Studienzeit nie der allerbeste in einem Prüfungsfach gewesen war – sogar im Schwimmen gab es zwei Jungs, die schneller kraulten – sorgte Klaus Jahre später dafür, dass ich dort immerhin einen Rekord aufstellte. Er war der erste Nachkömmling eines Absolventen, der ebenfalls an der DHfK studierte. Wie auf meinen Sohn Volker, der im Leipziger Interhotel arbeitete, war ich sehr stolz auf ihn und Dr. Schingnitz hob auf unseren Jubiläumstreffen immer sein großes sportliches Potential hervor. Allerdings bescheinigte mir unser ehemaliger Lehrer Franke auch, dass mein Kind „ja noch viel fauler sei als ich."

Hat er Dir auch Beispiele genannt?

Ich glaube nicht, aber für eine Sportecho-Reportage schaute ich später einmal selbst beim Training des Übungsverbandes der DHfK zur Vorbereitung auf das Turn- und Sportfest in Leipzig vorbei. Mein damaliger Mitkommilitone Erich Bunzel war dort mittlerweile als Sportlehrer tätig und leitete das Geschehen von einem hohen Gerüst aus. Irgendeinen Reporter hätte Erich wohl nicht auf seinen Kommandoturm gelassen, aber ich durfte. Bei einem Übungsteil mussten zehn bis zwölf Studenten eines von mehreren riesigen Trampolinen auf die Wiese schleppen und oben wurden dann halsbrecherische Salti gesprungen. Die jeweiligen Träger saßen nun im Schneidersitz zu beiden Seiten der Geräte. Erich reichte mir ein Fernglas und rief mir grinsend zu: „Damit du mal siehst, auf was für verrückte Einfälle dein Junior so kommt." In der Mitte unter einem der Trampoline saß tatsächlich mein Sprössling mit zwei anderen Kumpels. Während über ihnen die Turner auf der Gummimatte Kopf und Kragen riskierten, spielten die drei in aller Seelenruhe Skat. Das hätten wir uns früher mit Sicherheit nicht getraut. Natürlich habe ich darüber in meiner Reportage kein Wort verloren und hoffte gleichzeitig, dass sie das bei der offiziellen Aufführung nicht machen würden.

Zurück zu Dir. Nach dem Studium musstest Du wieder zurück zu den Buna-Werken?

Das dachte ich eigentlich auch und hätte nichts dagegen gehabt. Doch damals entschieden andere, was aus den mehr als 70 Studenten wurde, die ihr Diplom in der Tasche hatten. Sie hatten uns diese Ausbildung finanziert und verteilten uns nun über die gesamte Republik.

Ich bekam einen Brief, dass ich mich an einem bestimmten Tag bei Roland Weißig und Manfred Ewald vom Deutschen Sportausschuss (später Staatliches Komitee für Körperkultur und Sport) in Berlin melden solle. Das Gespräch lief in etwa folgendermaßen ab: „Genosse Schubert. Was verstehst du eigentlich von der Presse?" „Nun", antwortete ich. „Ich habe kleinere Sportberichte in der Betriebszeitung der Buna-Werke verfasst." „Hmm, schon mal gut", sagte Weißig. „Noch irgendwas?" Ich überlegte. „Ja, ich habe meiner Mutter immer beim Austragen der Breslauer Neuesten Nachrichten geholfen." Sie lächelten, doch ich hatte noch einen letzten Trumpf im Ärmel: „Und außerdem lese ich immer regelmäßig Zeitung!"

Die beiden schauten sich kurz an, nickten und Ewald sagte feierlich: „Genosse Schubert, dann wirst du ab sofort Abteilungsleiter für den Bereich Leistungssport im Deutschen Sportecho im Sportverlag Berlin."

Die sportliche Führung der DDR war also der Meinung, dass sie mich nicht in der Betriebssportgemeinschaft der Chemischen Werke verheizen könne und gab mir – wie vielen meiner Mitabsolventen der DHfK – gleich eine Leitungsfunktion in einem Parteibetrieb. Ein „Nein" wäre so gut wie undenkbar gewesen. Mein Leben erfuhr somit den nächsten großen Einschnitt und eines stand dabei von vornherein klipp und klar fest: ich hatte keinerlei Ahnung vom Zeitungsgeschäft.

Ich verabschiedete mich also von Inge und den Kindern, die sich schon längst an einen Wochenend-Papa gewöhnt hatten und fuhr in die Hauptstadt der DDR.

Kannst Du Dich noch an Deine ersten Wochen im Sportverlag erinnern?

An meinem allerersten Arbeitstag – einem Freitag – meldete ich mich im Sportverlag in der Neustädtischen Kirchstraße beim Chefredakteur des Sportechos Hans Jacobus. „Ich bin von der DHfK und arbeite jetzt hier", stellte ich mich schüchtern vor. Er lächelte freundlich, sagte aber lediglich: „Prima!" Dann rief er den Chef vom Dienst, Hans Pielemann, und rief: „Mach dem erstmal einen Arbeitsplatz fertig."

Pielemann brachte mich in ein unglaublich kleines Zimmer, in dem lediglich ein Schreibtisch mit einer Schreibmaschine stand. Er warf mir einen Stapel maschinenbeschriebener DIN A4 Blätter hin und sagte: „Mach die mal für die Druckerei fertig!" Ich hatte nicht die geringste Idee, was ich mit dem – in meinen Augen – riesigen Berg Papier machen sollte und veränderte daher mal hier und dort einen Satz oder einen Absatz mit dem Bleistift. Als Pielemann wiederkam, rief er wie selbstverständlich: „In Ordnung und jetzt brauchst du sie nur noch auszeichnen." Glücklicherweise fragte ich diesmal nach: „Ja und wie?" Er nahm meinen Stift und schrieb auf die erste Seite des Manuskripts *7/7 12 cic* an den Rand und verließ den Raum ohne dass ich ihn fragen konnte, was das bedeutete. Was Zeilengröße, Spaltenbreite, Schriftgröße und Cicero bedeuteten, lernte ich erst später – diesmal schrieb ich das von ihm vorgegebene einfach auf jede Seite. Um es vorweg zu nehmen: auch das war richtig. Zum Feierabend sagte mir der Chef vom Dienst, dass ich am Sonntag zum Umbruch in die Tribüne-Druckerei nach Treptow kommen solle.

Dort waren lange Blechtische aufgebaut und mehrere Arbeiter standen an den Seiten und montierten gerade den Bleisatz. Zwei weitere Leute, die ich bereits im Verlag gesehen hatte, kamen auf mich zu und stellten sich als meine mir „untergebenen" Redakteure vor.

Einer von ihnen hatte einen Stapel Papier in den Händen und rief einem Monteur zu: „Bring mir mal die 77-18". Der kam mit einer Latte Bleisatz und einer Art Kuchenblech angelaufen. „Gut, das machen wir dann dreispaltig oben rechts auf". Der Monteur teilte das lange Stück Bleisatz in drei Teile und setzte es oben rechts auf das Kuchenblech. „Okay und unten machen wir einen vierspaltigen Keller."

Ich sah staunend zu, bis auch mir plötzlich ein Papierberg in die Hand gedrückt wurde. Unter keinen Umständen wollte ich mir hier eine Blöße geben und rief dem Monteur bei der nächsten Seite zu: „Gut, das machen wir dann dreispaltig oben links auf und unten einen vierspaltigen Keller." Jetzt war mein Kollege wieder an der Reihe und gab seine Anweisungen. Letztendlich baute ich meine Seiten genauso auf wie er – einfach nur spiegelverkehrt. Wenn er etwas „dreispaltig oben rechts" machte, war es bei mir eben „dreispaltig oben links" und so weiter.

Nachdem der Umbruch fertig war und wir noch den Andruck abgenommen hatten, ging es mit den neuen Kollegen in die Kneipe. Hans Taege und Helmut Tietze waren alt gediente Hasen, schienen aber in Ordnung zu sein. Nachdem ich zwei Runden Bier und Korn spendiert hatte, entspannten sie sich auch gegenüber ihrem neuen Vorgesetzten ein wenig. Es wurde ein richtig gemütlicher Abend doch irgendwann platze es aus mir heraus: „Wisst ihr eigentlich, dass ich nicht die geringste Ahnung habe, was ich hier von Freitag bis heute gemacht habe. An der DHfK habe ich Sport studiert!" Sie schauten mich ungläubig an: „Dafür ist dir das aber ganz gut gelungen." Ich schaute zu Helmut und sagte: „Hast du denn nicht gemerkt, was ich gemacht habe?", und erklärte ihm meine Taktik mit den spiegelverkehrten Seiten. „Oh tatsächlich?", lachte er und prostete mir zu. Wenig später flüsterte mir Hans verschwörerisch zu: „Wenn du das eben nicht gesagt hättest, hätten wir dich in den kommenden Monaten platt gemacht, aber so bringen wir dir alles in vier Wochen bei und keiner wird etwas merken. Eigentlich ist das alles ganz simpel!"

Wroclaw, Täve und Ete – die internationale Friedensfahrt

Konntest Du Dich mit dem neuen Job arrangieren?

Sofort natürlich nicht. Rückblickend muss ich sagen, dass ich zu Beginn meiner Tätigkeit im Sportverlag nicht einmal ahnte, dass ich hier meinen Traumberuf finden würde. Mein Bereich Leistungssport umfasste wichtige Sportarten wie Leichtathletik, Schwimmen und Radsport und als Redakteur für das Sportecho musste ich nun fast täglich „auf die Piste". Ich mochte es, mit Menschen zu kommunizieren, liebte es, neue Ecken unserer DDR – und bald auch des Auslandes – kennenzulernen und zudem machte mir auch das Schreiben viel Freude. Mein Sportstudium hatte also lediglich den Vorteil gehabt, dass ich mich in diesem Ressort ganz gut auskannte. Und seien wir doch mal ehrlich: als leidenschaftlicher Caro-Zigaretten-Raucher und Partygänger wäre aus mir wahrscheinlich kein besonders vorbildlicher Diplomsportlehrer geworden. Aber wer weiß. So wurde ich jedenfalls Journalist.

Das für 20 Pfennig landesweit erhältliche „Deutsche Sportecho" war die größte Sportzeitung in der DDR mit einer Auflage von 140 000 Stück. Mehr hätten wir gar nicht drucken können, da in unserem Land ein immenser Papiermangel herrschte. Es erschien wöchentlich am Montag und Freitag und später erfanden wir noch die Dienstagsausgabe (wegen der Toto-Ergebnisse) und am Mittwoch gab es dann das ISE – Internationales Sportecho. Die Nachfrage war also riesig und selbst in den Westsektoren las man uns, den Leserbriefen nach zu urteilen, regelmäßig und gern. Mein Steckenpferd sollte bald der Radsport werden und zwischen 1953 und 1956 hatte ich das große Glück, die Internationale Friedensfahrt als Reporter zu begleiten.

Die Rundfahrt galt als die „Tour de France des Ostens". Oder war sie mehr?

Im Jahr 1953 hatte ich zum ersten Mal die Ehre, die Rundfahrt als Berichterstatter des Sportechos vom Start bis ins

Ziel mitzuverfolgen. Erst zum zweiten Mal war die DDR in das größte Etappenrennen der Welt für Radamateure mit einbezogen worden und diesmal hieß der Streckenverlauf: Prag – Berlin – Warschau. Vom ersten Tag an war es ein einzigartiges Erlebnis gewesen, diesen Tross zu begleiten, doch mit besonderer Spannung sah ich jenem Tag entgegen, an dem wir die Grenze zu Polen überschreiten sollten. Nach nunmehr acht Jahren konnte ich mir endlich ein eigenes Bild von den Verhältnissen in unserem Nachbarland machen und die Stadt besuchen, in der ich einstmals groß geworden war. Natürlich lasen auch wir in den westlichen Gazetten von den schrecklichen Zuständen in den ehemaligen deutschen Ostgebieten und ehrlich gesagt, einigen „Originalberichten" schenkte sogar ich Glauben.

Am Morgen des 11. Mai überschritt ich also die Neißebrücke, die Görlitz mit dem polnischen Zgorzelec verbindet, und begleitete den Tross in Richtung Wroclaw – meiner ehemaligen Heimatstadt Breslau. Natürlich sah ich einige Ruinen am Straßenrand, beobachtete Menschen, die noch immer damit beschäftigt waren, ihre zerstörten Dörfer und Städte wiederaufzubauen, doch von „Verwahrlosung und unbestellten Äckern in Westpolen" konnte nun wirklich keine Rede sein. Der erste Eindruck war eher der, dass die polnischen Menschen mit der gleichen Beharrlichkeit wie wir und oftmals in Eigeninitiative versuchten, ein neues Land zu errichten. Bis zum Horizont erstreckten sich goldgelbe Felder und plötzlich tauchte sie auf: die schönste Stadt der Welt.

Die für Dich „schönste Stadt der Welt" war doch völlig zerstört worden, oder?

Ich habe damals alle Berichte über meine Heimatstadt gelesen. Noch im April 1945 – der Krieg war fast überall schon vorbei – wurde hier geschossen. In der „Festung Breslau" wurde um jedes Haus und jede Straße ein aussichtsloser Kampf geführt – so hatte es die Partei und SS beschlossen. Gauleiter Hanke ließ hunderte Menschen an die Wand stellen und erschießen, nur weil sie sich gegen die sinnlose Zerstörung wandten und womöglich das Wort „Kapitulation" in der

Mund genommen hatten. General Niehoff, der sein Hauptquartier auf der Sandinsel der Unibibliothek aufgeschlagen hatte, ließ all die wertvollen alten Handschriften, Bücher, Stiche und Landkarten in die unweit gelegene Annenkirche verbringen. Wenige Tage später brannte das von einer Granate getroffene Gebäude lichterloh und über 400 000 Bücher und Schriften gingen in Flammen auf. Der vor den Toren der Stadt gelegene Flughafen war da schon von den Sowjets eingenommen worden und Gauleiter Hanke ließ das Gebiet zwischen Kaiserbrücke, dem Scheitnitzer Stern und der Passbrücke in die Luft sprengen und platt walzen, um dort eine neue Landebahn zu errichten. Unzählige historische Gebäude wurden in diesem Wahn vernichtet und von diesem Flugplatz startete eine einzige Maschine: die des braunen „Festungskommandanten" Hanke, der so aus Breslau floh.

Fast alle Fabriken waren durch die Durchhaltetaktik bis auf die Grundmauern zerstört worden und der Teil der Südstadt, in der sich die Belagerungsfront befand, wurde während der Kämpfe in eine Wüste verwandelt. Die Stadt stand noch immer in Flammen, als die Sowjets die Verwaltung an polnische Behörden übertrugen. Die Zerstörung der Stadt, in der vor dem Krieg noch 630 000 Menschen wohnten, betrug 68 Prozent.

Hast Du Breslau, das ja längst Wroclaw hieß, überhaupt wieder erkannt?

Zunächst nicht. Einen ganzen Nachmittag und Abend lief ich wie parallelisiert durch die Straßen und war kaum ansprechbar. Oftmals standen mir Tränen in den Augen, wenn ich nach Gebäuden oder Straßen suchte, die nun einfach nicht mehr existierten.

Doch überall waren auch deutliche Zeichen des Wiederaufbaus zu sehen. Die PAFAWAG-Werke interessierten mich, die ich noch aus der Zeit vor dem Krieg als „Linke & Hoffmann" kannte. Das Werk für Güterwagons stand mehrere Wochen unter starkem Beschuss und man konnte 1945 sicherlich nicht mehr von einer Fabrik sprechen. Die erste Belegschaft bestand im Juli 1945 aus den historischen „Sieben von der PAFAWAG". Bei meiner Besichtigung arbeiteten hier schon wieder über Tausend Menschen. Das fast neu errichtete Werk galt als eines der modernsten in Polen, gehörte zu den größten Waggonfabriken Europas und exportierte seine Produkte in die ganze Welt.

Dir stand doch sicherlich kaum Zeit zur Besichtigung der Stadt zur Verfügung?

Richtig, doch für eine Stippvisite meiner alten Wohngegend und der ehemaligen Hydrometer AG, in der ich meine ersten Schritte ins Berufsleben machte, reichte sie. Auch dieses Werk war bei den Kriegskämpfen fast völlig zerstört worden und die Nazis hatten den Wasserturm, das Kesselhaus und das Gerätewerk gesprengt. Inzwischen war hier eine Wassermesserfabrik praktisch neu entstanden, die wesentlich moderner und zweckmäßiger anmutete. Auch sie war mit ihrem Produktionsvolumen die größte ihrer Art in Europa. Der Aufbau war in Wroclaw im vollen Gange, denn überall gab es neu errichtete Wohnviertel mit Kinos, Kulturstätten und Krankenhäusern. Mit eigenen Augen konnte ich sehen, wie an der Wiederherstellung der alten Kulturdenkmäler, wie dem weltbekannten Rathaus und dem Dom gearbeitet wurde und dass in der Universität des Landes wieder viel Leben herrschte.

Natürlich würde die Stadt nicht wie Phönix aus der Asche steigen, doch die Zahl von 400 000 Einwohnern, die hier mittlerweile wieder lebten, bewies nachdrücklich, dass es keine „tote Stadt Breslau" gab. Reinste Propaganda.

Und da waren ja auch noch die Menschen. Das Kriegsende lag gerade einmal acht Jahre zurück, jeder kannte nun die schrecklichen Geschichten über das Warschauer Ghetto oder Auschwitz, doch mit welcher Herzlichkeit wir hier empfangen wurden, haute mich schlichtweg um. Überall wimmelte es von begeisterten Jungs und Mädchen, die uns umringten und sogar mich – den Journalistenneuling – nach Autogrammen fragten. Ältere, ehrwürdige Herren nahmen uns freundschaftlich in die Arme, sprachen immer wieder von den „guten Nachbarn" und bildschöne Frauen in schicken Kleidern blinzelten uns zu. Das hatte ich nicht erwartet! Erstmals begriff ich, dass diese Friedensfahrt nicht nur ein überragendes sportliches Ereignis war, sondern dass sie auch zur Verständigung zwischen den beiden Ländern diente und den Blick für das Neue öffnete.

Gustav-Adolf Schur, genannt „Täve", war der beste deutsche Radrennfahrer in jener Zeit. Was fällt Dir zu ihm ein?

Er war der populärste Sportler in der Geschichte der DDR. Als erster Deutscher gewann er die Straßenrad-WM der Amateure und die Friedensfahrt. Den Gipfel seiner Beliebtheit erreichte Täve, als er als Titelverteidiger und großer Favorit bei der WM 1960 am Sachsenring antrat. Vor heimischem Publikum verzichtete Schur aus taktischen Gründen auf seine Siegchance, um seinen Teamkollegen Bernhard Eckstein zu schützen, der das Rennen schließlich gewann. Unzählige weitere Erfolge, wie die Medaillen bei Olympischen Spiele ließen sich hier aufzählen. In einer nach dem Ende der DDR durchgeführten Umfrage wurde Täve mit fast der Hälfte der Stimmen zum größten DDR-Sportler aller Zeiten gewählt.

Kanntest Du ihn auch persönlich?

Ich hatte den jungen Mann aus Heyrothsberge bei Magdeburg bereits 1953 bei einem Trainingslager in Kienbaum kennen gelernt. Er wirkte auf mich äußerst zuvorkommend und bescheiden. Wenn Täve den Speiseraum betrat, ging er zu den zwanzig Leuten, die dort saßen und sagte jedem freundlich „Guten Tag". Das war kein Getue, denn bis heute hat sich daran nichts geändert. Zu seinem 80. Geburtstag in diesem Jahr (2011) war ich eingeladen und konnte das mit eigenen Augen beobachten.

Erzähl doch mal eine richtige Reporterstory über ihn.

Ich weiß nicht mehr genau, wer im Stadion in Warschau am Start der Friedensfahrt 1956 meine geheimsten Wünsche aussprach: „Der Schur, das ist der Mann, der die reellste

Chance hat, die Friedensfahrt zweimal hintereinander zu gewinnen."

Natürlich las mittlerweile ein ganzes Land hoffnungsfroh unsere Berichte, lauschte am Radio oder verfolgte in Hunderttausender Scharen das Geschehen live an der Rennstrecke. Dennoch musste man abwarten, denn die sowjetischen Fahrer galten als stark, die junge polnische Garde war zu beachten und die erstmals teilnehmenden Italiener waren für viele ein Geheimtipp.

Auf der ersten Etappe „Rund um Warschau" würde sich zeigen, wer zum Kreise der Favoriten zu rechnen ist. Bis etwa 30 Kilometer vor dem Ziel fuhr das Hauptfeld zusammen. Doch plötzlich bliesen die Italiener zum Sturm. Während alle Augen auf Dino Bruni gerichtet waren, der immerhin den dritten Platz bei der Straßen-WM belegt hatte, trat stattdessen der schwarzhaarige Aurelio Cestari an und ehe man richtig erkannt hatte, was geschah, heftete sich Bruni an dessen Hinterrad. Schnell vergrößerten die Azzurri ihren Vorsprung. Nur ein Quartett machte sich auf die Verfolgung. Darin fuhr ein weiterer Italiener. Auch das schien Teil eines Plans zu sein. Die Ausreißer vereinigten sich zu einer Sechsergruppe und rasten dem Ziel entgegen.

Da vor allem Cestari auf den letzten Kilometern fast ununterbrochen die Führungsarbeit übernahm, opferte er sich damit für den Tagessieger Bruni. Dass er jedoch noch so viel Kraft besaß, um Zweiter zu werden, hatten wir nicht vorhergesehen. Während die Zuschauer begeistert den Sieger feierten, gab es unter den so genannten Experten die einhellige Meinung: Bruni wird diese Friedensfahrt gewinnen. Die wirklichen Fachleute hatten etwas anderes in ihre Blöcke notiert. Stärkster Mann der Italiener: Aurelio Cestari.

Lodz war das Ziel der zweiten Etappe. Auf den ersten Kilometern wurde gebummelt bis sich schließlich eine siebenköpfige Spitzengruppe bildete – ohne ein blaues Trikot der Italiener und ohne das gelbe des Führenden Bruni. Täve Schur und fünf Begleiter spurteten hinterher und erst jetzt wachten die Italiener auf. Bruni war zu diesem Zeitpunkt durch einen Reifenschaden bereits zurückgefallen, doch der starke Cestari setzte beherzt den Ausreißern nach. Bis kurz vor dem Ziel im Stadion von Lodz war die Spitzengruppe auf etwa 50 Fahrer angewachsen und Täve Schur gewann die Etappe in großer Manier. Jetzt geschah das Kuriose. Cestari war von den Zielrichtern in der ersten Gruppe der 50 Fahrer glatt übersehen worden. Damals war es noch sehr schwierig mit bloßem Auge und ohne Zeitlupen der Kameras, die Startnummern der Fahrer zu erkennen.

So ging die Meldung über Rundfunk und Telefon in die verschiedenen Länder Europas, dass Täve Schur nicht nur souverän die Etappe gewonnen hatte, sondern nun auch Träger des gelben Trikots wäre. Diese Nachricht wurde von allen Zeitungen, die vor 20 Uhr Redaktionsschluss hatten, auch genauso veröffentlicht. Zwar hatten viele unserem Täve das „Gelbe" vorausgesagt, doch auf den offiziellen Ergebnislisten erschien am Abend ein anderer Name: Aurelio Cestari!

Was geschah auf den nächsten Etappen?

Cestari verlor auf dem dritten Tagesabschnitt das Trikot, holte es sich aber postwendend auf dem 4. Teilstück zurück. Vor dem Ruhetag auf dem Weg in die DDR hatte er 1:30 Minuten Vorsprung auf Täve, der hinter zwei Sowjets und Dino Bruni den fünften Platz der Gesamtwertung einnahm.

Am 7. Mai brach die Karawane in Polen zur 5. Etappe auf. 190 Kilometer standen auf der Tagesordnung, die Ausläufer des Riesengebirges wurden passiert, bevor die Fahrer die DDR erreichten. Keine leichte Etappe also, doch besonders Täve Schur schien beflügelt zu sein, da es ja nun in die von Menschenmassen gesäumten Straßen der Heimat ging. Dass er sich etwas Besonderes vorgenommen hatte, lag förmlich in der Luft.

Schon nach 10 Kilometern Fahrt bildete sich eine Fluchtgruppe. 26 Fahrer machten sich auf und davon und als sie merkten, dass sich im Hauptfeld nichts rührte, legten sie noch einen Zacken zu. Nach 80 km betrug ihr Vorsprung schon über 5 Minuten und nach 120 km fast 9 Minuten. Plötzlich ging ein Ruck durch das Feld und vor allem die Azzurri um Cestari traten jetzt an. Es gelang ihnen eine 15-köpfige Verfolgergruppe auf die Beine zu stellen, doch Aurelio Cestari hatte an diesem Tag das Rennfahrerglück verlassen. Durch einen Reifenschaden fiel er weit zurück und erreichte abgeschlagen das Etappenziel im Görlitzer Stadion der Freundschaft.

Lange vor dem schwarzlockigen Italiener hatte ein blonder Bursche aus der Magdeburger Börde in einem einmaligen Endspurt sein Rad über die Ziellinie geworfen: unser Täve Schur. Wie er in der Zielkurve plötzlich angetreten war und den starken polnischen Sprinter Wiesniewski im Finish niederrang, hatte man lange nicht gesehen.

Der Lohn für sein Können war das Trikot des Spitzenreiters. In „Gelb" ging es also nach Berlin. „Täve soll sich lieber noch ein bisschen zurückhalten", rief uns einer der Trainer zu, als wir nach 20 Kilometern eine 30-köpfige Spitzengruppe an uns vorbei rollen sahen. Auch wir Journalisten hielten das für eine gute Taktik, doch nach 50 Kilometern dachten wir anders, als wir sahen, wie Täve – zerschunden und zerschrammt – aus einem Haufen verbeulter Rennmaschinen hervor kroch. Das Resultat eines bösen Massensturzes. Da drei andere DDR-Fahrer ganz vorne mitfuhren, begleitete sie der Materialwagen an der Spitze und erst als die Westdeutschen Täve eine neue Maschine reichten, konnte dieser weiterfahren. Doch bis dahin war viel wertvolle Zeit vergangen. Am Tag zuvor hatte solches Pech den Italiener Cestari zurückgeworfen – nun war es umgekehrt. Cestari kam als fünfter ins Walter-Ulbricht-Stadion und schob sich damit gerade einmal auf den 20. Platz der Gesamtwertung vor. Täve lag nach der Beendigung der Etappe mit knapp 15 Minuten Rückstand auf dem 22. Platz. Was für eine Tragödie in Berlin.

Hattest Du während der Tour persönlichen Kontakt zu ihm?

Ich war mit Täve Schur zu diesem Zeitpunkt schon befreundet. Bei einer anderen Friedensfahrt hatte ich ihn nach einem ähnlich schweren Sturz am Abend in seinem Hotelzimmer besucht. Natürlich wollte ich ihn zu seinem Pech befragen und ihm gleichzeitig von der großen Anteilnahme der Zuschauer berichten. Ich klopfte an seine Tür und er rief:

„Komm rein Horst." Ich entdeckte ihn in dem kleinen Raum nebenan. Täve stand in der Badewanne und schrubbte mit einer harten Wurzelbürste über seinen von Schürfwunden und Hautfetzen bedeckten Körper um ihn zu reinigen. Mich schmerzte es allein schon vom Zusehen. ‚Wenn das keine Härte ist!', dachte ich damals.

Nun aber weiter mit der spannenden Geschichte.

Bezüglich der Renntragik spielte die 7. Etappe von Berlin nach Leipzig keine Rolle, denn erst am darauf folgenden Tag ging die Pechsträhne einer der beiden Protagonisten weiter. Elf Fahrer hatten sich gleich zu Beginn formiert und schon nach 28 Kilometern 2 Minuten Vorsprung herausgefahren. In Halle bildeten sich erste Grüppchen, die sich auf die Verfolgung der Spitzenreiter machten. Unter ihnen wieder einmal Aurelio Cestari. Nur ihm und unserem Lothar Meister gelang es, in die Führungsgruppe aufzuschließen. Dann kam der erste „große Klassiker" der diesjährigen Friedensfahrt: die steile Wand von Meerane. Dieser 340 Meter lange „Pickel" inmitten der Textilstadt mit einer durchschnittlichen Steigung von über 12 % ist bei Radsportlern gefürchtet. Nun würde sich also zeigen, was die Bergspezialisten so draufhaben. Ich hatte schon einige Male oben an der „Wand" gestanden, doch niemals zuvor sah ich eines der Asse derart mühelos diesen Berg nehmen, wie den Italiener Cestari.

Mit der Kilometerzahl 131 war die „steile Wand" auf unserem Etappenplan gekennzeichnet und auch Cestari musste wissen, dass es nun noch 59 Kilometer bis nach Karl-Marx-Stadt waren. Mit dem Mut der Verzweiflung trat er in die Pedalen und kurbelte ganz allein dem Ziel entgegen. Schnell gelang es ihm zwei Minuten Vorsprung herauszufahren und kurz vor dem Ziel jubelten ihm die Menschen zu, sodass er sicher schon glaubte, seinen ersten Etappensieg in der Tasche zu haben. Knapp 100 Meter vor der Einfahrt ins Ernst-Thälmann-Stadion preschten die Verfolger heran: der Pole Krolak und der Schwede Amell. Vollkommen entnervt musste der tragische Held die beiden an sich vorbeiziehen lassen.

Ruhetag! Doch schon ging es weiter mit dem Spektakel.

141 Kilometer galt es bis nach Karlovy Vary zu bewältigen und wieder einmal sorgte der Italiener für Wirbel. Die Etappe schien ihm auf den Leib geschnitten zu sein, denn in Schneeberg erspurtete er die Bergwertung vor Dumitrescu und unserem Täve, bei dem es auch wieder besser zu rollen schien. Knapp 35 km vor dem Ziel trauten wir unseren Augen nicht. Cestari hatte sich aus der 11-köpfigen Spitzengruppe gelöst und strebte wieder in einer Alleinfahrt dem Ziel entgegen.

Diesmal würde er es doch endlich schaffen?

Wir drückten dem tapferen Kerl in diesen Tagen genauso die Daumen wie unserem Täve nach all den Tragödien. Der bekannte Kurort war erreicht und die Zuschauer feuerten Cestari heißblütig an. Doch plötzlich – etwa 1000 Meter vor dem Ziel – lag der Italiener auf dem Pflaster: die Kette war ihm herausgesprungen. Was für eine unglaubliche Pechsträhne! Obwohl er relativ schnell wieder auf den Beinen war, jagten der Holländer van ten Hof und der Franzose Inquel noch an ihm vorbei. Cestaris „Lohn" für seine Alleinfahrt war abermals nur der dritte Platz.

Die 10. Etappe brachte keine Veränderungen und alle freuten sich daher auf das 11. Teilstück in die mährische Hauptstadt Brno (Brünn). Sie galt als schwerste Bergetappe der diesjährigen Friedensfahrt und alle ahnten, dass zwei der besten Amateurradsportler der Welt ihr ihren Stempel aufdrücken werden: Gustav Adolf Schur und Aurelio Cestari.

Als nach etwa 50 Kilometern der kleine Ort Vyskytna auftauchte, von wo sich die Straße hoch und steil den Berg hinaufschlängelte, war dies das Signal zum Sturm. Der blonde Täve stieg aus dem Sattel und nur der dunkle Schopf eines Italieners tauchte hinter ihm auf und konnte folgen. Noch waren 125 km zu fahren und einige Fahrer konnten aufschließen. Doch für uns stand schon jetzt fest, dass nur Schur oder Cestari heute gewinnen würden. Dem einen wünschten, dem letzteren gönnten wir es. In den Straßen von Brno ging ein Ruck durch die Spitzengruppe und die beiden konnten sich tatsächlich lösen. Die 60 000 Leute im Stadion gerieten schier aus dem Häuschen, als sie erfuhren, wer hier allein dem Ziel entgegen jagte.

Cestari bog auf die Aschenbahn ein, gefolgt von Täve. Wie wild spurtete der Italiener die Gegengerade hinunter, doch Täve kam ein wenig näher. Der Italiener trat jetzt noch schneller in die Pedalen und wurde dabei in der Zielkurve nach außen getragen. Täve erkannte blitzschnell seine Chance und zog innen an ihm vorbei. In einem grandiosen Finish sprintete er als erster über den weißen Zielstreifen und errang seinen dritten Etappensieg nach Lodz und Görlitz in diesem Jahr.

Karl-Marx-Stadt, Karlovy Vary und Brno – zum dritten Mal wurde Cestari der bereits sicher geglaubte Lorbeerkranz entrissen und einem Besseren – einem Glücklicheren – zuteil. Damals schrieb ich für das Deutsche Sportecho die Schlagzeile: „Triumph und Tragik – hauchdünn liegen sie oft beieinander", aber seit jenem Tag habe ich den Begriff „Tragik" nur noch sehr selten in Sportberichten verwendet.

Wer bei der Friedensfahrt 1956 am Ende die ersten drei Plätze belegte, kann man nachschlagen. Es waren weder Schur noch Cestari, doch nur diese Namen haben sich im Rückblick auf das Jahr in mein Gehirn gebrannt.

Ist Dir noch ein anderer Radrennfahrer in bleibender Erinnerung geblieben?

Ja, es gab einen Mann, der die ganze Härte dieses Sports verkörperte, der stets mit eiserner Disziplin seine Ziele verfolgte und vor dem ein ganzes Land deshalb mit großer Hochachtung sprach: Erich Schulz. An einem herrlichen Julitag 1956 brach deshalb für viele Radsportanhänger in der DDR eine Welt zusammen.

Warum? Beschreibe doch bitte mal seinen Werdegang.

Schon als 15-jähriger trat Erich dem Berliner RV Arminius bei. Ohne vermögende Eltern konnte er sich keine eigene Rennmaschine leisten, doch er hatte eine Vision. Als Botenjunge verdiente er ein paar Mark für den Familienhaushalt dazu und legte Groschen um Groschen davon zurück, bis das

Geld endlich für ein gebrauchtes Rennrad reichte. Dieses Rad wurde bald sein Ein und Alles und als blutjunger Anfänger ließ er beim Jahresabschluss der Saison 1930 seine 80 Konkurrenten einfach stehen und verbuchte seinen ersten Sieg.

Schon im folgenden Jahr fuhr Erich in die Spitzenklasse der deutschen Jugendfahrer hinein und errang die inoffizielle Jugendmeisterschaft. Er trainierte weiterhin eisern und die Erfolge ließen die Fachleute aufhorchen. Sie beschlossen, ihn bei den „Großen" mittrainieren zu lassen. Die Meistermannschaft von BRV Arminius hatte in Deutschland einen guten Ruf und wer zu ihr gehörte, konnte sich sehen lassen. Das jüngste Mitglied war nunmehr ein schmächtiger, kaum 17 Jahre alter Junge. Im Titelkampf des Jahres 1932 unterlag man zwar knapp den Jungs von Grün-Weiß - aber der vierte Mann im Team hieß bereits Erich Schulz.

Doch offenbar hatten die Trainer ihm zu viel zugemutet, denn der Körper des Jungen war noch nicht richtig entwickelt, um den harten Belastungsproben standzuhalten. Auch hier zeigte sich wieder der starke Charakter des Berliners. Er erkannte, dass eine längere Pause durchaus notwendig war und hielt diese auch durch.

Das Jahr hatte ihm gut getan und 1934 arbeitete er sich mit frischen Kräften schnell wieder in die A-Klasse vor. Große Siege blieben jedoch aus.

Immer wenn er mir später von jenen Jahren erzählte, sagte er, dass es ihm nicht an Kraft und Ausdauer gemangelt habe – sondern am Rennverständnis. Er hatte stets versucht die Entscheidung mit seinen schnellen Beinen zu erzwingen. Erst nach und nach merkte er, dass auch ein kluger Kopf einen guten Straßenfahrer ausmachte. Doch die „Alten" im Verein erkannten das außergewöhnliche Talent ihres neuen Konkurrenten schnell und so fiel es ihnen nicht im Traum ein, taktische Schliche zu verraten. Erich musste sich dieses Können selbst erarbeiten. Und siehe da: plötzlich stellten sich auch im Männerbereich erste Erfolge ein.

Musste er nicht in den Krieg ziehen?

Doch. Bereits im Jahre 1936 wurde seine viel versprechende Laufbahn von heute auf morgen unterbrochen, denn Erich musste in die Kasernen der Hitlerschen Wehrmacht einrücken. Jung, gesund und voller Lebensmut. Neun Jahre später kehrte er als kranker Mann mit Geschwüren und Magenbluten ins Zivilleben zurück.

An Sport war in den Nachkriegstagen kaum zu denken. Erich besuchte wehmütig die ersten Bahnrennen im Stadion Mitte. Es begann zu kribbeln, wieder einen Rennlenker zwischen die Finger zu bekommen, und bald darauf bastelte er sich eine Rennmaschine zusammen. Allerdings lautete der Rat der Ärzte: „Bei Beschwerden unbedingt wieder aufhören!" 1947 bestritt er bereits die ersten kleineren Wettkämpfe auf der Bahn. Doch um sein Leiden nicht zu verschlimmern, musste er alsbald zur Kur. 1950 konnte er als geheilter Mann auf das Rennrad steigen. Und er stürmte los. Platz 8 bei Berlin-Leipzig, er gewann die Harzrundfahrt und wurde 3. bei der DDR-Rundfahrt. „Eiserner Ete" wurde er von nun an überall in der Republik genannt, denn ein jeder kannte seinen Leidensweg.

In den kommenden Jahren fuhr er von Erfolg zu Erfolg, doch im Gegensatz zu seinen Lehrjahren gab der Altmeister die Erfahrungen und Taktiktipps an Jüngere weiter. 1953, bei meiner allerersten Tour, führte er die DDR-Mannschaft als Kapitän zur Friedensfahrt. Eine Knöchelverletzung, die er sich bei einem Sturz zugezogen hatte, war am Ruhetag dick angeschwollen, doch er raunte mir zu: „Laufen kann ich nicht, aber Radfahren". Er humpelte davon und trat am nächsten Tag wieder in die Pedalen.

Sein letztes Rennen war die DDR-Rundfahrt 1956. Nach seinem Sieg auf der ersten Etappe und beim Mannschaftszeitfahren seiner SV Post stellten sich immense Sitzbeschwerden ein. Er war die Etappe nach Halle mehr oder weniger im Stehen gefahren. Danach reinigte er erst seine Maschine und redete mit jedem Teamkollegen, bevor er sich behandeln ließ. Erich war eben ein charakterfester Mensch und der beste Freund seiner Kameraden, der seine Karriere gerne mit dem Sieg dieser Rundfahrt gekrönt hätte.

Am 11. Juli geschah es. Nach 16 Kilometern gab es einen furchtbaren Massensturz auf der Rollsdorfer Höhe kurz hinter Halle. Doch während sich alle wieder erhoben, blieb ein Fahrer liegen und stand nie wieder auf. Ein doppelter Schädelbasisbruch hatte seinem Leben ein Ende gesetzt. Einer der liebenswertesten Menschen und besten Sportler der DDR war mit 42 Jahren von uns gegangen: der eiserne Ete.

Juden, Stalin und das MfS – bewegte Jahre in der DDR

Reden wir noch mal über den Beginn Deiner Tätigkeit im Sport-verlag. Gerade in diesen Jahren ist ja auch politisch sehr viel in der DDR geschehen. An welche Ereignisse erinnerst Du Dich spontan?

Offen gesagt zunächst an folgende Begebenheit: Als ich im Verlag anfing, war Hans Jacobus der Chefredakteur des Deutschen Sportechos und damit mein direkter Vorgesetzter. Er war ein kluger, hilfsbereiter und angenehmer Mensch, von dem ich vieles lernte.

Im Februar 1953 kam seine Sekretärin in die Redaktionskonferenz geplatzt und rief: „Hans, kannst du mal bitte kurz herauskommen?" Er ging und Joachim „Jofi" Fiebelkorn übernahm die Besprechungsleitung. Plötzlich klopfte es wieder: „Horst, du musst bitte auch mitkommen", sagte die leichenblasse Sekretärin.

Es fand eine außerplanmäßige Sitzung der Parteileitung statt. Als Absolvent der DHfK war ich fast automatisch in die Parteileitung aufgenommen worden, doch was ich heute vom Parteisekretär zu hören bekam, schockierte mich zutiefst. Denn der sagte gleich zu Beginn: „Der Genosse Hans Jacobus ist soeben verhaftet worden. Ich beantrage hiermit seinen sofortigen Ausschluss aus der Partei!" Alle nickten brav doch ich rief: „Wieso denn? Was ist denn eigentlich passiert?' Doch niemand konnte mir die Frage beantworten. „Na dann wartet doch erst mal ab, ob er auch schuldig ist", sagte ich naiv und dickfellig. Hans Jacobus wurde an diesem Tag aus der SED ausgeschlossen, mit einer Gegenstimme: meiner.

Viele Wochen hörten wir nichts von unserem ehemaligen Chef und niemand konnte uns sagen, was ihm vorgeworfen wurde. Endlich, nach etwa sieben Monaten, rief er mich plötzlich an und wir vereinbarten ein Treffen. Was ich nun zu hören bekam, ließ mich erschaudern. Hans hatte lange Zeit ganz allein in seiner Zelle gehockt und selbst nicht gewusst, was er verbrochen hatte. Die Vernehmung durch die Offiziere der Staatssicherheit verlief so, dass sie ihm lediglich sagten: „Nun erzählen sie doch mal...". Doch er wusste nicht was. Schließlich begann er all die „Sünden" des Sportechos aufzuzählen, dass wir mal eine wichtige Rede des ZK (Zentralkomitee) der SED erst auf der zweiten Seite – statt auf dem Titelblatt – abgedruckt hatten, dass er mit dem Dienstwagen zweimal auch private Besorgungen erledigt hatte. Kleinigkeiten und Banalitäten, denn mehr fiel ihm in den tagelangen Verhören wirklich nicht ein. Irgendwann – nach Monaten – fragte einer der Ermittler: „Sie sind doch Jude?"

Hans beugte sich zu mir herüber: „Seit jenem Tag ging es mir besser, denn ich wusste nun endlich, warum ich hier sitze."

Entschuldigung, aber das verstehe ich nicht.

Als 15-jähriger war Jacobus 1938 in einem so genannten „Kindertransport" nach England emigriert. Nach den November-Pogromen der Nazis ermöglichte die britische Regierung etwa 10 000 jüdischen Kindern und Jugendlichen im Alter bis 17 Jahren bei Pflegefamilien in ihrem Land unterzukommen. Die meisten von ihnen sahen ihre Eltern nie wieder und waren oftmals die Einzigen der Familie, die den Holocaust überlebten. So auch Hans Jacobus. Nach dem Krieg arbeitete er dort als Lehrer für aus dem KZ befreite jüdische Kinder und kehrte erst 1947 in die sowjetische Besatzungszone nach Deutschland zurück.

„Ich ahnte allmählich, dass man hier scheinbar Prozesse gegen angeblich jüdische Kosmopoliten vorbereitete, denn es wurden immer mehr Leute verhaftet. Sogar Parteifunktionäre und Leiter von volkseigenen Betrieben waren dabei", erzählte er. „Alles Juden, das sprach sich natürlich auch im Knast irgendwann herum."

Erst viele Jahre nach Stalins Tod erfuhr ich vom Ausmaß

der Überprüfungshysterie von „feindlichen zionistischen Westimmigranten". In der DDR waren diese, im Gegensatz zu anderen sozialistischen Ländern, sogar noch halbwegs gut weggekommen. Nicht nur weil mein Großvater Jude war, konnte ich das überhaupt nicht begreifen. Meine Achtung vor Hans Jacobus stieg nochmals, als er mir erzählte, dass er sich, während draußen der Aufstand des 17. Juni lief und einige meinten, die Regierung wird gestürzt, trotzdem hinter unseren Staat gestellt hatte.

Nach fast sieben Monaten ließ man ihn wieder laufen. Doch anstatt ihm offiziell mitzuteilen, was der Grund seiner Verhaftung gewesen war, rief man ihm hinterher: „Auf Wiedersehen und beantragen sie doch bei ihrer Parteileitung die Rücknahme des Parteiausschlusses." Jacobus lächelte, als er mir sagte, was er geantwortet hatte: „Ich habe ihn nicht beantragt, also beantrage ich auch nicht, dass er wieder aufgehoben wird!"

Das Verfahren wurde zwar in eine Rüge umgewandelt, doch Hans Jacobus musste danach zur „Bewährung" für einige Zeit „in die Produktion" und kam nie wieder zum Sportverlag zurück. In den darauf folgenden Jahren wurde er ein bekannter Moderator und politischer Kommentator in Funk und Fernsehen.

Noch ein paar Sätze zu Stalin. Wann begann seine Demontage in der DDR?

Da ich schon all die Jahre die Glorifizierung und Huldigung des großen Genossen nicht richtig verstehen konnte, berührte mich sein Tod am 5. März 1953 auch nicht sonderlich. Sogar im Sportecho wurde dieses Ereignis auf Seite eins thematisiert und zu den großen Gedenkfeierlichkeiten auf der Stalinallee mussten wir natürlich – wie hunderttausende andere Werktätige – am 9. März antreten und vor dem Stalindenkmal salutieren. Knapp zwei Jahre später sollte ich ihn noch einmal leibhaftig in Moskau zu Gesicht bekommen. Als er da im Mausoleum, direkt neben Lenin, aufgebahrt war, verspürte ich keinerlei Gefühle, weder positive noch negative.

Meine Mutter hatte zu seinem 70. Geburtstag, als unzählige Güterzüge voller Geschenke die DDR gen Moskau verließen, gesagt: „So ein Quatsch, dass der jetzt auch noch so groß gefeiert wird." Damals hatte ich die gigantische Jubellorgie zu seinem Jahrestag noch verteidigt und geantwortet: „Na hör mal. Du feierst doch auch schon seit fast 2000 Jahren den Geburtstag von jemandem an Weihnachten."

Obwohl es vorher schon immer Gerüchte gegeben hatte, erfuhren wir erst durch die „Geheimrede" von Chruschtschow zum 20. Parteitag der KPdSU 1956 vom ganzen Ausmaß seiner Schreckensherrschaft. Auf spektakulärem Wege hatte sich der westliche Geheimdienst den fünfstündigen Vortrag besorgt. In Auszügen wurde dieser dann auch im SFB (Sender Freies Berlin) ausgestrahlt. Damit erfuhr eben auch die halbe DDR, dass das leuchtende Vorbild der sozialistischen Staatengemeinschaft ein heimtückischer Massenmörder gewesen war. Für unsere Staatsführung war das natürlich eine Katastrophe. In Polen kam es zu schweren Ausschreitungen und Ungarn erlebte in jenem Jahr den folgenreichen Volksaufstand mit dem Einmarsch sowjetischer Truppen.

Walter Ulbricht hingegen betonte lapidar, dass wir in der SED keine Entstalinisierung bräuchten, da unsere Mitglieder ohnehin keine Stalinisten wären. Gerade glühende Anhänger von „Väterchen Stalin" betonten nach seiner Demontage mir gegenüber immer wieder: „Na, das habe ich doch schon immer gewusst!" Damit war die Möglichkeit eines Neubeginns praktisch vertan.

Das Jahr 1953 steht ja auch für ein Ereignis, das später sogar den Nationalfeiertag der Bundesrepublik begründete. Du weißt, was ich meine?

In den Tagen um den 17. Juni 1953 befand ich mich auf einer Sportveranstaltung in Leipzig. Ich wohnte dort bei einer ehemaligen Mitstudentin, mit der ich an jenem Tag zum Mittagessen in den Bayrischen Hof gehen wollte. Vorher brauchte ich noch Zigaretten, die ich mir an einem Kiosk am Hauptbahnhof besorgen wollte. Der Typ hinter dem Verkaufstresen rief mir zu: „Das da würde ich mal lieber abmachen!"

und deutete auf mein Parteiabzeichen, das ich, wie üblich, am Revers meines Jacketts trug. Ich fragte ihn, ob er noch ganz dicht wäre, doch er rief bereits im tiefsten sächsischen Dialekt: „In Berlin ist doch gerade Revolution. Der Ulbricht wurde schon abgelöst." Meine SED-Anstecknadel ließ ich dran, doch ich verzichtete auf das Essen und begab mich sofort auf die Suche nach meinem Kollegen, an dessen Namen ich mich nicht mehr erinnere. Der hatte zusammen mit unserem Kraftfahrer Horst Kirchstein in einem Hotel übernachtet. Jedenfalls beschlossen wir, mit unserem Wagen sofort zurück in die Hauptstadt zu fahren.

Es war heiß, sodass wir unsere Anzugsjacken an die Kleiderhaken im Auto hingen und losfuhren. Noch in der Stadt gerieten wir in eine Straßensperre. Plötzlich ging es weder vorwärts noch zurück, doch wir nahmen es locker und begannen Skat zu spielen. Wenige Minuten später entdeckten einige vorbeilaufende Jugendliche durch die offenen Scheiben die Parteiabzeichen an den Jacken. Gleichzeitig fiel ihnen auf, dass wir ein Berliner Kennzeichen hatten. Sie pöbelten uns an, stellten sich gemeinsam auf eine Seite und versuchten unseren Wagen umzukippen. Als sie merkten, dass dies nicht gelingen würde, wollten sie uns aus dem Auto zerren und verprügeln. Einer engagierten Straßenbahnfahrerin, die hier ebenfalls liegen geblieben war, ist es zu verdanken, dass dies nicht geschah. Sie brüllte die Rowdys an: „Stört doch die Jungs nicht beim Skatspielen!", und wie durch ein Wunder löste sich der Pulk langsam wieder auf. Jemanden bei diesem Spiel zu stören, gehörte sich einfach nicht. Wir schmissen unsere Pläne um und fuhren erst am nächsten Tag nach Berlin. Dort war es mittlerweile relativ ruhig und auch Walter Ulbricht war noch im Amt.

Apropos Parteiabzeichen. Viele ehemalige SED-Mitglieder verheimlichten oder verleugneten nach dem Mauerfall ihre Mitgliedschaft. Wie ist das bei Dir?

Ich stand stets hinter meinem Land und meiner Partei, habe mich bis zum Schluss nie geschämt, das Parteiabzeichen zu tragen und bin auch nach der Wende nicht ausgetreten.

Allerdings muss ich zugeben, dass auch ich nicht immer die Vorschriften befolgte. Bei den Spielen in Montreal hatte ich ein Olympiaabzeichen bekommen, welches in etwa der Größe der SED-Nadel entsprach, nur dass hier ein goldenes „M" und darunter die olympischen Ringe abgebildet waren. Zur Direktoren-Tagung der Zentrag - kurz nach den Wettkämpfen - hatte ich meinen besten Anzug angezogen und voller Stolz das Montreal-Abzeichen angesteckt. Ein leitender Mitarbeiter sprach mich sofort an: „Dass du in Montreal warst, weiß ich ja, aber in der Partei bist du doch auch?" Ich lächelte ihm ins Gesicht: „Na, das weißt du doch!", und ließ ihn stehen. Gerade an solchen unnötigen Kleinigkeiten haben wir uns oftmals aufgerieben.

Zur Stasi muss ich Dich natürlich auch befragen. Was kannst Du dazu sagen?

Ganz ehrlich: Trotz der Vorfälle mit Hans Jacobus war das MfS (Ministerium für Staatssicherheit) für mich ein ganz normales Ministerium unseres Landes. Es gab ja auch in der Sowjetunion, in den USA und in der Bundesrepublik mit KGB, CIA und BND, um ein paar Beispiele zu nennen, Organe, die für die innere Sicherheit ihres Landes verantwortlich waren. Der Begriff „Stasi" kam meines Wissens übrigens erst nach der Wende auf. Zu DDR-Zeiten haben wir sogar „parteischädigend" herumgeflachst und sie „Konsum" oder „Firma" genannt.

Jeder Parteibetrieb hatte einen so genannten Verbindungsoffizier vom MfS, der alle vierzehn Tage vorbei kam und wissen wollte, was es Neues im Verlag gäbe. Die MfS-Leute wechselten so alle fünf Jahre und auch hier war es wie im normalen Leben: mit dem einen verstand man sich ganz gut, mit anderen konnte man gar nichts anfangen. Ich war zwar erstaunt, dass die immer wussten, wer mit wem in der Kneipe gewesen war und wer welcher Kollegin an den Hintern gegriffen hatte, doch politische Witze habe ich auch vor diesen Leuten gerissen.

Manchmal habe ich sogar extra „Papiersorgen" angesprochen, in der Hoffnung, dass es der MfS-Mitarbeiter an sein Ministerium weitergeben würde, damit wir die Menge unserer Zeitungsproduktion erhöhen könnten. Nach Auslandsreisen waren wir zudem dazu verpflichtet, Protokolle zu verfassen, wen wir dort alles getroffen hatten und was besprochen wurde. Ich wäre dennoch nie auf die Idee gekommen, dass in deren Zentrale kilometerlange Aktenordner-Regale über die Menschen unseres Landes existierten.

Zu einem MfS-Offizier, einer kleinen Erbse mit Humor, entstand sogar fast ein freundschaftliches Verhältnis. Bei einer Friedensfahrt, die ich nur noch aus alter Leidenschaft – also nicht als Reporter – begleiten wollte, traf ich ihn am Start in Berlin. Er fragte mich, ob ich in seinem Wagen mitfahren möchte und ich antworte: „Das wäre ja prima!" Während wir an allen Absperrungen vorbei fuhren, ohne ein einziges Mal angehalten zu werden, wunderte ich mich allerdings. Das Auto, in dem ich mich nun befand, war als ziviles getarnt, doch überall ließ man uns ungehindert passieren. Im Stadion am Ziel traf ich unseren Fotografen Günter „Piepe" Rowell, der mich verwundert ansprach: „Wie bist du denn so schnell hierher gekommen?" „Na mit unserem MfS-Offizier", antwortete ich und deutete auf den kleinen Kerl, der sich gerade unauffällig in der Gegend umsah.

Hast Du jemals daran gedacht, Einsicht in Deine Stasi-Akte zu nehmen?

Ich bin mir heute sicher, dass die MfS-Verbindungsoffiziere eine Menge Papier über unseren Verlag und mich für ihr Ministerium beschrieben haben.

Deshalb habe ich nach 1990, als zu hören war, wie groß der Ansturm auf die Akteneinsicht bei der „Gauck-Behörde" war, für mich beschlossen, dies nicht zu tun. Erstens konnte ich mir vorstellen, dass es dort mehrere Ordner über meine Gespräche mit unserem MfS-Mann gäbe und zweitens wollte ich mir die Enttäuschung ersparen, Vermerke zu finden, was „gute Freunde" über mich ausgeplaudert hätten. Ich wollte nicht lesen, was ich alles an Bösem gegen die DDR, gegen die Partei oder gar gegen den Weltfrieden verbrochen habe. Ich ließ es auf sich beruhen.

Bei einer Führung zusammen mit Deinem Vater Klaus in der Gedenkstätte in Berlin-Hohenschönhausen wurden mir zumindest die Augen geöffnet. Ein ehemaliger Häftling erzählte uns, dass seine Bewacher immer damit geprahlt hätten, dass sie mit den Verhaftungen und den Bedingungen im Knast nicht gegen geltende Gesetze der DDR verstießen. „Aber bei den Nazis war die Judenvernichtung ja auch gesetzlich geregelt", fügte der Mann damals hinzu. Jeder Staat macht sich die Gesetze eben so, wie er sie braucht. Zu DDR-Zeiten hegte ich oftmals keinerlei Argwohn und habe erst nach der Wende viele Dinge erfahren, die mich nachdenklich machen.

Drei Frauen, vier Söhne, fünf Enkel – die Familie

Auch Dein Privatleben hat sich in den 50er Jahren verändert. Was möchtest Du darüber erzählen?

Vielleicht, um nicht lange um den heißen Brei herumzureden, jenes: Mit meinem Umzug von Leipzig nach Berlin entfernte ich mich nicht nur geografisch von meiner Frau Inge, sondern auch emotional. Und wie das oftmals so ist, trat genau in diesem Moment eine andere Frau in mein Leben. Ruth, die bei uns in der Bildredaktion arbeitete, sollte einige Jahre später meine neue Ehefrau werden. Am 12. Dezember 1953 wurde unser gemeinsamer Sohn Peter geboren.

Natürlich weiß ich, dass Trennungen immer unschön sind, aber ich möchte betonen, dass ich mit Inge bis zum heutigen Tag freundschaftlich verbunden bin. Breslauer Lergen halten nämlich zusammen.

Anfangs gab es natürlich Stress. In der Scheidungsverhandlung in Halle stellte ihr Anwalt (ich hatte mir keinen genommen) den Antrag, dass das Erziehungsrecht für unsere Söhne Volker und Klaus, dem Vater zugesprochen werden soll. Ich hatte nichts dagegen, da ich mir durchaus vorstellen konnte, auch mit drei Kindern in Berlin zu Recht zu kommen. Doch scheinbar hatte es sich Inge in der Verhandlungspause anders überlegt, denn ihr Anwalt stellte plötzlich den Antrag: „Meine Mandantin möchte nun doch, dass die Kinder bei ihr bleiben." Auch daran hatte ich nichts auszusetzen und natürlich würde ich sie finanziell unterstützen.

Am Ende der Verhandlung musste ich die Kosten des Verfahrens übernehmen. Ich ärgerte mich lediglich darüber, dass ich die Rechnung ihres Anwaltes mittragen musste. Der hatte nämlich zwei Anträge zu je 55 Mark gestellt. Einer hätte vollkommen ausgereicht. Seitdem mache ich immer einen großen Bogen um Rechtsanwälte.

Aber wie gesagt: mit Inge, Deiner Oma, habe ich mich seitdem immer gut verstanden. Das ging sogar so weit, dass wir 1996 gemeinsam mit Klaus für ein paar Tage nach Paris gefahren sind. Es war gerade Sommeranfang. Somit haben wir dort „theoretisch" unsere goldene Hochzeit gefeiert.

Klaus zog kurz nach der Scheidung zu Dir nach Berlin. Was waren seine Beweggründe?

Er mochte den neuen Freund seiner Mutter nicht und wollte lieber beim leiblichen Vater leben. Zu diesem Zeitpunkt wohnten wir bereits im Eckhaus in der Bötzowstraße 53. In meinen Anfangsjahren in Berlin hatte ich noch in einer schlimmen Wohnung im Seitenflügel in der Stolpischen Straße – mit Ofenheizung – gehaust. Deshalb waren wir natürlich froh, dass wir den Neubau in Prenzlauer Berg beziehen konnten. Schon Monate vor dem Einzug trafen wir dort unsere zukünftigen Nachbarn, denn alle erkundigten sich ständig, wann sie endlich in die Wohnungen können. Immer wieder wurden wir vertröstet und zum Schluss sagte man uns: „Ihr könnt noch nicht einziehen, da die Schalter und Steckdosen noch nicht verlegt sind." „Das machen wir selbst", antworteten mehrere Mieter. „Nee, das geht nicht. Dann wären die Mittel dafür ja aus dem Bevölkerungsbedarf.' Wir mussten also weiter warten. Ein Jahr später hatte die Hälfte der Mieter die Steckdosen dann nach ihren Wünschen so angebracht, wie sie sie eigentlich haben wollten. Ganz simpel: aus dem Bevölkerungsbedarf!

In der neuen Bude fühlten wir uns pudelwohl und in den unzähligen Geschäften rund um das Bötzow-Viertel kannte man die Verkäufer persönlich. Peter und Klaus verstanden sich trotz des Altersunterschieds prima und verschwanden oft bis spätabends mit ihren Kumpels in den nahe gelegenen Volkspark Friedrichshain oder saßen am Stierbrunnen herum. Es war eine glückliche Zeit und, wie es überall in der DDR üblich war, feierten wir zu Hause, oder in unserer Angellaube in Karolinenhof unzählige Partys bis tief in die Nacht.

Kannst Du Dich noch an eine besondere Fete erinnern?

Aus gutem Grund fällt mir mein Geburtstag 1971 ein. Am 3. Mai rief ein später gekommener Gast, als er eintrat: „Schaltet mal schnell das Radio ein!" Schon leicht beschwipst erfuhren wir so, dass Walter Ulbricht aus „gesundheitlichen Gründen" von fast all seinen Ämtern zurückgetreten war. Als Nachfolger wurde der 58-jährige Erich Honecker nominiert. Wir ahnten damals nicht, dass er bis zum Oktober 1989 der erste Mann in unserem Staat sein würde. Besonders meine Jungs äußerten später, dass sie die Stimmung mit all den unterschiedlichen Gästen immer sehr genossen hatten. Bei uns war immer etwas los.

Gab es ein gutes nachbarschaftliches Verhältnis?

Im Gegensatz zu heute kannte ich damals tatsächlich jeden Hausbewohner und fast alle waren schwer in Ordnung. Horst Sölle war z. B. unser unmittelbarer Wohnungsnachbar. Er war als Minister für Außen- und innerdeutschen Handel derjenige, der seine Funktion am längsten hintereinander in der DDR innehatte. Auch Klaus war oft in Sölle's Wohnung, da er mit ihrem Sohn befreundet war. Jahre später arbeitete Klaus, um sich ein paar Mark dazuzuverdienen, in einem Studentenjob auf der Leipziger Messe, dem wichtigsten Treffen für den Ost-West-Handel. Plötzlich kam der Minister für Außenhandel an den recht unbedeutenden Messestand. Alle Mitarbeiter nickten ihm angestrengt lächelnd zu, doch Sölle ging lediglich zu einer Person und rief: „Mensch Klaus, was machst du denn hier?" Am nächsten Tag bekam mein Sohn einen Präsentkorb vom Chef dieses Messestandes überreicht. Der wollte sicher gehen, dass Klaus nur das Beste über die Firma berichtete, wenn er schon mit dem Minister „per Du" wäre.

Erzähl doch bitte auch mal etwas über eure Urlaube.

Meine Kinder bestätigen mir noch heute, dass es bis zu einem bestimmten Alter völlig egal ist, ob man die Urlaube am Mittelmeer, an der Ostsee oder an einem See in Brandenburg verbringt. Ich teile diese Ansicht, da auch ich bis zu meinem 17. Lebensjahr meine Heimatstadt Breslau nur einmal im Zuge der „Kinderland-Verschickung" verlassen hatte und dennoch auf eine glückliche Jugend zurückblicke. Und auch in der DDR konnte man fantastische Urlaube verbringen. Ein Stichwort: Wutscherogge. „Davon hat Vater immer geschwärmt", würde mein Sohn Peter jetzt sagen.

Eines vorneweg: Wutscherogge liegt nicht irgendwo in Polen, sondern befindet sich etwa 70 Kilometer von Berlin entfernt in der Nähe des Neuendorfer Sees in der Märkischen Heide. Es besteht eigentlich nur aus einem Gehöft und Mick Winkler, unser „Kunstchef" (Grafiker) von der Sportrevue, hatte am See beim Pilze sammeln eines Tages eine Landspitze entdeckt.

Mit seinem Auto, einem uralten aber intakten Jeep, hatte er mutig die Gegend erkundet und beschloss im kommenden Jahr, hier mit seinem Wohnwagen zu campieren. Kaum hatte er in der Redaktion von diesem phänomenalen Flecken berichtet, war mir klar, dass auch unsere Familie dort unbedingt einmal hin musste. Mit Sack und Pack, also Zelt und Zubehör, machten wir uns auf den Weg und verbrachten dort äußerst entspannte Tage.

Die Leute vom Gehöft verrieten uns bei der ersten Reise, dass dieses Fleckchen einem Bauern gehörte, welches ihm die örtliche LPG (Landwirtschaftliche Produktionsgemeinschaft) nicht abgenommen hatte, da es für sie nicht nutzbar wäre. So kam es, dass uns besagter Bauer diese ca. 9 Ar (900 m²) große Landspitze für 25 Mark im Jahr verpachtete. Übrigens für 99 Jahre, aber ich glaube nicht, dass ich mich darauf noch heute berufen könnte.

Jedenfalls verbrachten die Winklers und wir hier viele

wunderbare Sommer. Montag früh fuhren wir zur Arbeit und freitags fanden wir Zelt, Zubehör und Wohnwagen – obwohl wir nichts abgeschlossen hatten – immer unversehrt wieder und dies nicht nur weil Mick am Ufer ein schickes Schild mit der Aufschrift „Privatgelände! Anlegen verboten!" aufgestellt hatte. Das klingt heute unglaubwürdig, war aber tatsächlich so.

Sicherlich doch auch ein Paradies für Kinder?

Peter wurde bei einer Bootstour auf der Rückfahrt, mitten auf dem See, einfach aus dem Gummiboot gelassen. Nachdem er es ohne fremde Hilfe geschafft hatte, bis zum Ufer zu schwimmen, ernannten wir ihn feierlich zum Freischwimmer.

Zusammen mit Klaus und dem Sohn von Mick fuhr er zudem dann öfter einmal an das gegenüberliegende Ufer, um dort im Konsum einkaufen zu gehen. Einmal wunderten wir uns, warum sie bei ihrer Rückkehr nicht am selbst gezimmerten Steg angelegt, sondern das Schilf angesteuert hatten. Die Jungs kamen durchs Wasser gewatet und standen eine Weile bedrückt herum, bevor sie beichteten, dass sie soeben „aus Versehen natürlich" auf dem See mit dem Luftgewehr einen Schwan erschossen hatten. Wir schimpften heftig und ausdauernd, aber am Abend wussten dann alle, wie gebratener Schwan schmeckt.

Zusammen mit einer Beilage aus frischen Pilzen, übrigens ganz vorzüglich, denn wir haben immer Kremplinge in den Wäldern gesammelt. Damals wussten wir noch nicht, dass sie zu den nicht essbaren Pilzen gehören und schwere Magenschmerzen verursachen können. Doch niemand hat jemals Beschwerden bekundet. Nicht nur unsere Kinder haben noch lange Zeit später von unseren Urlauben geschwärmt. Paradies Wutscherogge!

Irgendwann zogen Klaus und Peter jedoch bei euch aus.

Richtig, und wie mein Sohn Volker, der mittlerweile in Leipzig wohnte, heirateten sie und bekamen ihre eigenen Kinder.

Ich habe dadurch fünf tolle Enkelkinder (Anett, Benny, Cornelia, Mark und Michael) und auch schon drei Urenkel (Lara, Mico und Klara).

Doch genau mit dem Auszug meiner Kinder fehlte plötzlich das Leben in unserer Wohnung und meine Beziehung zu Ruth kühlte merklich ab. Da bestimmte Dinge einfach zu privat sind, möchte ich es auch hier abkürzen: Eines Tages traf ich mit Jutta die letzte große Liebe meines Lebens. Aller guten Dinge sind drei, denn auch Jutta sollte ich heiraten und im Dezember 1984 wurde mein jüngster Sohn Stefan geboren. Viele schüttelten damals wegen meines schon fortgeschrittenen Alters den Kopf, doch letztendlich ist es so, dass ich zu meinem jüngsten Sohn heute den engsten Kontakt pflege. Er ist derjenige, der mich ständig besucht und mir bei diversen Erledigungen hilft. Ich habe die Entscheidung, nochmals Vater zu werden, niemals bereut. Zusammen mit meiner neuen Frau und ihren zwei Mädchen aus erster Ehe, Julia und Jenny, zog ich 1984 in eine Neubauwohnung nach Marzahn und wohne noch heute in dem Bezirk, der mittlerweile mit Hellersdorf vereinigt wurde. Ich fühle mich hier sauwohl.

Du hast Dir also im privaten Bereich nichts vorzuwerfen?

Natürlich weiß ich, dass ich nicht immer alles richtig gemacht habe – auch im Privatleben. Es gab neben vielen schönen, ausgelassenen und unvergesslichen Momenten eben auch tragische und traurige. Aus Rücksicht auf meine Gefühle möchte ich einige Dinge unerwähnt lassen. Dass mir der plötzliche Tod meiner zweiten Frau Ruth und meines geliebten Sohnes Klaus, mit dem ich bis 2009 sehr viel Zeit verbracht habe, sehr Nahe gingen, kann ja sicherlich jeder verstehen. Zumindest die Menschen, die schon einmal ein eigenes Kind beerdigt haben.

Eine Geschichte musst Du aber dennoch erzählen, da sie in meinen Augen ein Sinnbild für die untergehende DDR ist. Es geht um eine Ausreise.

Ostern 1987 war Volker mit seiner Frau Dani und Tochter Anett bei uns zu Besuch in Berlin gewesen. Es war wie immer ein fröhliches Beisammensein und bevor sie am Ostermontag zurück nach Leipzig fuhren, besuchten sie noch Klaus – also eure Familie.

Am Dienstag betrat der MfS-Verbindungsoffizier zusammen mit einem Kollegen unangekündigt mein Büro. Beinahe belanglos fragte er mich: „Wie geht's denn so? Was hast du Ostern gemacht?" Ich erzählte ein wenig, bis er mich plötzlich unterbrach und fragte: „Was sagst du denn eigentlich dazu, dass dein Sohn Volker einen Ausreiseantrag gestellt hat?" Ich war fassungslos. Mit keiner einzigen Silbe hatte Volker das Vorhaben bei seinem Besuch erwähnt. Sofort griff ich zum Telefonhörer und rief Klaus auf seiner Arbeit an. Der nuschelte nur: „Ich kann nicht sprechen!" „Wieso?", wollte ich wissen. „Hier wollen gerade ein paar Leute von mir etwas wissen." Die Staatssicherheit war also auch schon bei ihm.

Der MfS-Offizier erklärte mir, dass ich sofort alle Verbindungen zu meinem Sohn abbrechen müsse – „Ansonsten…"

Ich dachte gar nicht so sehr an mich, ahnte aber, dass meine Söhne Klaus und Peter in ihren Jobs im Sport und bei der Zeitung ernsthafte Konsequenzen zu befürchten hatten. Relativ ruhig antwortete ich: „Ja okay, aber erst ab übermorgen." Der MfS-Mann schaute mich fragend an. „Na ich will ja wenigstens noch mal mit ihm reden", erklärte ich.

Ich musste mit der Bahn nach Leipzig fahren, denn ich war zu aufgeregt, um ein Auto steuern zu können. Dani, Volkers Frau, öffnete mir kreidebleich die Tür, doch das Gespräch mit meinem Sohn verlief relativ sachlich. Ich machte ihm deutlich, dass wir in ziemliche Schwierigkeiten geraten würden und er verstand das sogar. „Dieses Land kotzt mich aber schon so lange an und außerdem möchte ich einmal im Leben ein Bayern-Spiel im Stadion sehen", erklärte mir mein fußballbegeisterter Sohn. Wir redeten bis tief in die Nacht und es flossen einige Tränen. Wir wussten, dass wir von nun an getrennte Wege in unterschiedlichen Systemen gehen würden.

Offiziell brach ich den Kontakt zu Volker ab, der alsbald unser Land in Richtung Münster verließ. Doch meine Frau

Jutta, die auch eine Tante in Westberlin hatte, dachte gar nicht daran, dass wir uns aus den Augen verlieren. Sie schrieb weiterhin Briefe und Karten an meinen Sohn und meine Enkelin Anett, die mit Julia und Jenny befreundet war. „Mir hat ja keiner etwas verboten", sagte sie immer trotzig. Knapp zwei Jahre später konnte ich meinen Sohn wieder glücklich in die Arme nehmen.

Honeckers Machtwort - Karriere im Sportverlag

Zurück zum beruflichen Werdegang. Wie ging Deine journalistische Laufbahn Mitte der 50er Jahre weiter?

Innerhalb kürzester Zeit wurde ich zum Chefredakteur der neu geschaffenen „Sportrevue" befördert. Das war ein unterhaltsames Blatt im Format des in der DDR bekannten „Magazins". Es war eine ausgesprochen schöne Zeit, da ich mir mit meinen Kollegen den einen oder anderen Spaß erlaubte. Die einzelnen Artikel begannen beispielsweise immer mit einem Buchstaben, der fett und in Versalien gezeichnet war. Wir machten uns den Scherz, dass, wenn man alle Großbuchstaben zusammen las, daraus ein Satz entstand. An einen kann ich mich noch gut erinnern: „Sauft nicht immer soviel Bier." Nur wir wussten natürlich darüber Bescheid. Selbst das schwierige „C" hatten wir hinbekommen. Dieser Artikel begann dann in etwa so: „Chauffeur müsste man sein..."

Bei einem Aprilscherz hatten wir zudem mal ein neu entwickeltes Rennrad vorgestellt, das durch eine bemerkenswerte technische Neuerung, nicht zur Seite umkippen konnte und in Italien hergestellt würde. Uns erreichten sogar Briefe aus Ungarn, in denen aufgeregt gefragt wurde, wo man denn das „Wunderrad" bestellen konnte. Ich weiß auch noch, wie wir leicht bekleidete Frauen im April in die eiskalte Ostsee schickten, um in der Juli-Ausgabe einen schönen Aufmacher zu haben. Wie gesagt: eine lustige Zeit.

Die irgendwann zu Ende ging?

Leider wurde ich zwei Jahre später Chefredakteur der Verbandszeitschriften. Die Sportfachzeitschriften, die bis dahin von den einzelnen Verbänden herausgegeben wurden, integrierte man nun in den Sportverlag. Etwa 20 Verbandorgane hatte ich fortan zu betreuen, z.B. Handball, Leichtathletik und Kanu, aber auch „Exoten" wie Angeln und Bogenschießen. Leider war das ein äußerst undankbarer Job, denn falls die Hefte gelungen waren und es keine Beanstandungen gab, wurden die einzelnen Fachredakteure gelobt. War dies nicht der Fall – oftmals hatte ich brisante „politische Knüller" übersehen, da ich nicht alle Hefte von der ersten bis zur letzten Seite durchlesen konnte – wurde ich zusammengefaltet.

Kannst Du Beispiele nennen?

Im „Angelsport" wurde mal eine größere Umfrage gemacht, was unsere Bürger vom Angeln im Allgemeinen halten. Auch Volkskammerpräsident Dieckmann bat man um seine Meinung. Wir druckten: „Ich halte viel davon und wenn Göring Angelsportler gewesen wäre, hätte uns das vielleicht die Bombardierung erspart." Wer bekam den Anschiss? Richtig, ich.

Ein anderes Mal lief die Sache anders herum. Ein Nationalpreisträger hatte einen Artikel für uns geschrieben, der überhaupt nicht ins Heft passte. Ich lehnte das Geschriebene ab und bekam einen wütenden Anruf von eben jenem „wichtigen" Herrn. Nach etlichen Beschimpfungen brüllte auch ich ins Telefon: „Nationalpreisträger – ist mir doch scheißegal." Natürlich beschwerte er sich beim Verlagsdirektor und so kam es zu einer Aussprache. Er argumentierte: „Wir haben uns in der DDR die Pressefreiheit erkämpft, da kann jeder schreiben, was er will." Ich schaute kurz zu meinem Chef und erwiderte: „Genau! Bei uns kann jeder schreiben, was er will, nur was in dieser Zeitschrift gedruckt wird, das entscheide ich." Auch das gab wieder Ärger. Der Artikel ist dennoch nie erschienen.

Unser Verlagsdirektor Franz Müller, ein verdienter Genosse, der mit seinen weißen Haaren ein bisschen unserem Präsidenten Wilhelm Pieck ähnelte, war ein angesehener Mann und für viele eine Art Vaterfigur. Es war jedoch klar, dass er am 12. Januar 1961 mit 65 Jahren in Rente gehen würde.

Die Verlagsführung schaute sich zusammen mit dem DVK-Chef (Druckerei- und Verlagskontor), der späteren Zentrag (Zentrale Druckerei-, Einkaufs- und Revisionsgesellschaft) bereits Anfang Oktober 1960 nach einem geeigneten Nachfolger um und schien ihn im stellvertretenden Leiter des Wirtschaftsverlages gefunden zu haben. Auch wir waren mit der Wahl zufrieden, denn der Neue, der sich Ende Oktober einzuarbeiten begann, schien ein prima Kollege zu sein, der sein Handwerk verstand. Perspektivisch würden wir sicherlich gut mit ihm auskommen.

Ende des Jahres fand dann eine Aussprache mit dem Leiter der DVK, dem Vizepräsidenten des DTSB (Deutscher Turn- und Sportbund), Alfred Heil, und dem Sekretär für Sport, Erich Honecker, statt. Es ging dabei um die Planungen für das kommende Jahr und im Gespräch kamen sie eher beiläufig, auf das Ausscheiden von Franz Müller zu sprechen. Plötzlich meldete sich Alfred Heil, zu dem ich einen guten persönlichen Draht hatte, zu Wort: „Das ist ja gar nicht mit dem DTSB abgesprochen worden. Laut Statut des Sportverlages muss die Besetzung des Verlagsleiters immer in Abstimmung mit dem DTSB erfolgen." Das stimmte sogar und Honecker fragte: „Na habt ihr denn jemand anderes?"

Heil schaute verlegen in die Runde. Er wusste, dass er nun etwas sagen musste, um nachher nicht als Idiot dazustehen, der nur meckere, aber keine eigenen Vorschläge brachte. „Ja, den Genossen Schubert", platzte es aus ihm heraus. „Das ist einer der ersten Absolventen der DHfK, Chefredakteur der Verbandsorgane, langjähriger Genosse und der Parteisekretär im Verlag." Nach einer kurzen Pause nickte Honecker: „Na gut, dann wird das eben der Genosse Schubert. Als Parteisekretär ist er ja auch in der Lage, einen Verlag zu leiten".

beschwor er die alte leninsche Maxime. Niemand in der Runde traute sich zu widersprechen.

Bist Du aufgrund seines Machtwortes tatsächlich Verlagsdirektor geworden?

Noch am selben Tag klingelte bei mir das Telefon. Alfred Heil war dran und verkündete: „Mensch Horst! Honecker hat entschieden! Du wirst Verlagsleiter!" Obwohl ich nun schon acht Jahre im Verlag war, hielt ich das natürlich für einen großen Scherz. Ich war gerade einmal 35. Doch schon in der nächsten Belegschaftsversammlung sollte das verkündet werden.

An jenem Tag trafen sich alle Mitarbeiter in unserem Versammlungsraum. Vorn am Tisch saßen der Leiter der DVK, jemand von der Parteileitung und der BGL-Vorsitzende (Betriebsgewerkschafts-Leitung), Heinz Boxberger. Gleich zu Beginn stand der DVK-Mann auf und hielt eine flammende Rede auf den Genossen, der Verlagsleiter werden sollte. Nein, nicht auf mich, sondern auf den Menschen, der sich hier schon drei Monate eingearbeitet hatte. Ich konnte an den meisten Stellen nur zustimmend nicken, denn das war ja wirklich ein patenter Mann. Bis er die Stimme erhob und sagte: „Jetzt ist aber entschieden worden, dass der Genosse Horst Schubert Verlagsleiter wird. Das ist natürlich keine einfache Entscheidung, auch nicht für Schubert, denn der hat ja von der Leitung eines Verlages keinerlei Ahnung. Er muss jetzt erst einmal lernen wie man eine Bilanz liest..."

Diese unschöne Rede dauerte noch minutenlang an und als ich gerade mit hochrotem Kopf aufspringen wollte, hielt mich Heinz Boxberger am Arm fest und rief: „Bleib sitzen!" Ich war stinksauer. Jeder im Saal hatte mitbekommen, dass bedauerlicherweise ein Held der DDR nicht Verlagsleiter würde, sondern diese Oberpfeife Horst Schubert.

Wurdest Du von Deinem Vorgänger noch eingearbeitet?

Franz Müller war noch zwei Wochen bei uns, bevor ich ihn beerben sollte. Er bat mich in sein Direktorenzimmer, forderte mich auf, in dem riesigen Ledersessel - hinter einem monströsen Schreibtisch - Platz zu nehmen und setzte sich gegenüber auf einen Stuhl. „Das war ja gestern wirklich unanständig, aber Horst, du wirst dich schon zurechtfinden. Das ist alles ganz simpel", murmelte er um kurz danach zu fragen: „Sag mal, brauchst du eigentlich heute das Auto?" Natürlich verneinte ich, da ich den Dienstwagen keineswegs benötigte. Ich war ja hier, um mich vom Chef einarbeiten zu lassen. Doch der verschwand postwendend mit dem Wagen und ward auch die nächsten 14 Tage immer nur sporadisch gesehen.

Wolltest Du diesen verantwortungsvollen Job überhaupt machen?

Eigentlich hatte ich mir fest vorgenommen: ‚Das machst du jetzt so schlecht, dass sie dich nach einem Jahr wieder versetzen.' Ich wollte weiterhin zu den weltweit stattfindenden Sportveranstaltungen reisen und nicht in einem muffigen Chefbüro versauern. Doch wider Erwarten akzeptierte man mich relativ schnell. Mit den Redakteuren hatte ich sowieso keine Probleme und die Leute aus Lektorat, Vertrieb und Herstellung mussten mich eben erst kennen lernen.

Im Zeitschriftenvertrieb arbeitete übrigens ein alter Hase als Abteilungsleiter. Im Sportverlag hatten wir keine Abonnenten-Listen, da die Post unsere Zeitungen verteilte. Nur sie kannte die Adressen unserer Leser und so wurden, beispielsweise 140 000 Exemplare des Sportechos einfach bei ihr angeliefert. Die Post bezahlte uns allerdings nur 128 000 Stück – denn die restlichen 12 000 waren so genannte „Zählstücke". Also rief ich beim Vertriebleiter an und sagte ihm: „Die Zählstücke müssen weniger werden – die bescheißen uns doch."

Er antwortete brüskiert: „Genosse Schubert, davon hast du leider überhaupt keine Ahnung." Er erklärte es mir: „Unsere Zeitung wird immer an bestimmte Plätze geliefert und dort an die einzelnen Zusteller übergeben. Diese überprüfen dann ihre Pakete und falls z B. zwei Exemplare fehlen, bekommen sie so genannte Zählstücke." Bis zur Parteiversammlung hatte sich daran auch nichts geändert.

Dort ergriff ich das Wort: „Jetzt sprechen wir mal nicht über Parteipolitik, sondern über Zählstücke." Alle schauten mich erstaunt an und vermuteten, dass ich mich nun um Kopf und Kragen reden würde.

Doch ich begann einfach: „Ich habe meiner Mutter früher dabei geholfen, die Breslauer Neusten Nachrichten auszutragen. Auch sie bekam immer solche Zählstücke, wenn ‚angeblich' mal Exemplare fehlten. Manchmal, wenn ich zu den Abonnenten gelaufen bin, sprach mich jemand auf der Straße an und fragte: 'Junge, kannst du mir nicht 'ne Zeitung verkaufen?' Das ging ja eigentlich nicht, doch ich habe sie ihm verkauft und bin dann einfach zum nächsten Kiosk gelaufen. ‚Geben Sie mir mal eine aus ihrem Bestand', bat ich dort. Ich bekam sie, da ich versprach, am nächsten Tag eine Zeitung zurückzubringen. Mutter musste dann nur lügen, dass sie eine zu wenig in ihren Paketen hätte und dem Kiosk-Besitzer war es doch egal, ob er die Zeitung am Montag oder Dienstag verkaufte. Den Gewinn teilten wir uns."

Nach dieser Sitzung wurden im Sportverlag die Zählstücke nach und nach reduziert und schließlich komplett abgeschafft. Und das nur, weil ich mal in meiner alten Heimat Zeitungen ausgetragen hatte.

Natürlich war das Zufall oder reines Glück und weder der damalige DVK-Leiter noch unser Zeitschriften-Vertriebsleiter und schon gar nicht ich haben geahnt, dass ich dem Sportverlag einmal über 29 Jahre als Verlagsleiter vorstehen würde. Manchmal ist alles ganz simpel und dennoch nicht zu erklären.

Mauerbau und Planwirtschaft – die Zeit als Verlagsleiter

Wie hast Du den Mauerbau 1961 erlebt?

Eigentlich hatte ich am 13. August - einem Sonntag - mein Auto schon für die Ferien an der Ostsee voll gepackt, doch dann erfuhr ich im Radio, dass sie dabei waren, eine Mauer um Berlin herum hochzuziehen. Ich blies meine Urlaubsvorbereitungen erstmal ab und habe alle wichtigen Leute zu einer außerordentlichen Kollegiumssitzung in den Verlag bestellt. Wir mussten ja besprechen, inwiefern wir davon betroffen sind. Musste der Fahrdienst umgestellt werden, da nun viele Straßen gesperrt wurden? Was geschah mit unserer Autoreparaturwerkstatt und dem Fuhrpark des Verlages, die sich in der Reinhardtstraße in unmittelbarer Nähe der Sektorengrenze befanden? Ganz profane Dinge eigentlich und heute sicherlich unvorstellbar: danach fuhr ich mit der Familie trotzdem in den Urlaub.

Mein Stellvertreter Kurt Grüne, der Rheinländer war, schrieb mir dorthin einen Brief, in dem er berichtete, dass seine beiden Töchter nach einer Party über Nacht in Westberlin geblieben wären. Er wollte von mir wissen, was er jetzt machen solle. Doch ich konnte ihm da keine Tipps geben, denn auch mich überraschte der Mauerbau. Wie sie das haten geheim halten können, ist mir bis heute unklar.

Die Konsequenzen wurden mir durch seine Zeilen nun dennoch bewusst, denn besonders für Berliner war es ein tragischer Tag, da viele Familien ganz plötzlich auseinander gerissen wurden. Die Menschen in Städten, die nicht in unmittelbarer Nähe der Mauer wohnten, konnten oftmals gar nicht verstehen, wie es war, wenn eine Stadt von heute auf morgen geteilt wurde.

Zumindest hatte ich keine Verwandten im Westen und erst einige Monate später erfuhr ich einen weiteren Grund, warum mein Sohn Klaus zu mir nach Berlin gezogen war. Seine Mutter (meine Exfrau Inge) hatte zusammen mit Volker vorgehabt, zu ihrem neuen Freund nach Wolfsburg zu gehen und Klaus wollte nicht mit. Er hatte zwar die Klappe gehalten, aber für Inge und Volker war der Weg in den Westen nun auch versperrt gewesen. Da Klaus seine Mutter und seinen Bruder sehr liebte, war es aus familiärer Sicht natürlich ganz gut, dass sie fortan nicht 28 Jahre lang voneinander getrennt lebten. Ansonsten war diese Mauer natürlich absoluter Mist!

Die Führung der DDR vermeldete jedoch, dass dem Aufbau des Sozialismus jetzt nichts mehr im Wege stünde, da der imperialistische Klassenfeind ausgesperrt wurde. Richtig?

Viele Leute fragten sich allerdings, warum die Stacheldrähte und Abwehranlagen des „antifaschistischen Schutzwalls" dann alle in unsere Richtung zeigten. Auch der versprochene Aufschwung gestaltete sich schwierig. Besonders an der konsequenten Umsetzung der Planwirtschaft verzweifelte ich als Leiter eines Partei-Betriebes manchmal. Ein Beispiel:

Das ZK der SED beschloss in einer Sitzung, dass in der DDR 100 Publikationen, darunter viele unserer Fachzeitschriften, eingestellt werden. Einige Monate später erschienen diese tatsächlich nicht mehr im Sportverlag, sondern als so genannte Informationsblätter der einzelnen Verbände. Unser Land hatte also kein Gramm Papier gespart, lediglich die Aufsicht über die Zeitschriften wurde geändert.

Dass unsere Illustrierte „Sport im Bild" jedoch ersatzlos gestrichen werden sollte, ärgerte mich mächtig, da es nicht nur ein ansprechendes Format, sondern auch ein profitables Produkt unseres Verlages war. Außerdem gab es in allen anderen sozialistischen Ländern eine Sportillustrierte.

Als der Beschluss in der Parteiversammlung erläutert wurde, meldete ich mich zu Wort: „ Warum wir gerade die ,Sport im Bild' einstellen, kann ich nicht verstehen. Wir sind vom sportlichen Leistungsvermögen das zweitstärkste Land nach der Sowjetunion und können uns keine Illustrierte leisten?" Ein Genosse rief aufgebracht: „Genosse Schubert, das ist doch schon im ZK der SED beschlossen worden!", und ich antwortete erbost: „Ja, aber die hätten mich auch mal fragen können. Ich habe wenigstens Ahnung davon." Ein ganz normaler Disput, der jedoch in unserem Land oftmals Konsequenzen hatte. Es wurde sofort ein Parteiverfahren wegen groben Fehlverhaltens des Genossen Schubert eingeleitet, verbunden mit dem Antrag, mich für ein Jahr auf die Bezirksparteischule zu schicken.

Somit warst Du Deinen Job als Verlagsleiter gleich wieder los?

Die Papiere landeten in der Kreisleitung der SED, im DTSB und in der Abteilung Sport im ZK. Das war mein Glück. Den dortigen stellvertretenden Leiter, Walter Gröger, kannte ich noch als Parteisekretär der DHfK in Leipzig. Gröger setzte sich für mich ein und reagierte in etwa so: „Der Horst muss nichts mehr in der Parteischule lernen, der hat einfach nur eine große Fresse." Das Parteiverfahren wurde in eine Rüge umgewandelt und ich blieb im Verlag.

Dort hattest Du nun Narrenfreiheit und konntest durchstarten, oder?

Um Gottes willen, nein. Ein weiteres Manko in unserem Land war die nicht existierende Gewinnorientierung in vielen Bereichen. So fuhr beispielsweise das Sportecho etwa 500 000 Mark Verlust jährlich ein. Wir glichen das zwar mit anderen Produkten wieder aus und erzielten in den Jahren meiner Verlagszugehörigkeit viele Millionen Mark Gewinn, doch auch das Sportecho, welches all die Jahre 20 Pfennige kostete, hätte ja rentabler sein können. Mehrere Male schlug ich vor, den Preis doch auf 25 Pfennig zu erhöhen, in der Gewissheit, dass wir durch diese 5 Pf. keinen einzigen Abonnenten oder Käufer verlieren würden. Doch obwohl wir mit unseren Überschüssen die Partei finanzierten, gab es vom ZK der SED die Richtlinie, dass bei Gütern des täglichen Bedarfs und Lebens die Preise nicht erhöht werden dürfen. Basta! Das galt für Butter, Brot, Milch und eben auch für Zeitungen. Das Sportecho hatte demnach Verluste zu machen!

Auch, dass das Anzeigenvolumen unserer Fachzeitschriften maximal 10% des Gesamtumfangs betragen durfte, war fragwürdig (gerade wenn ich mir heutzutage die Printmedien anschaue). Vor allem in unserer Motorsport-Zeitschrift gab es jede Menge Leute, die über Kleinanzeigen gebrauchte Mopeds und Ersatzteile anboten oder suchten. Wir hielten uns nicht immer an die Vorgaben und falls die Zentrag mal moserte, meldeten wir, dass dies eben ein „starker Anzeigenmonat" wäre und wir das aufs Jahr umlegen würden. Am Jahresende lagen wir natürlich trotzdem weit über den geforderten 10 Prozent. Schlimm: wir hatten noch mehr Gewinn erzielt.

Eine große Errungenschaft der DDR war die Verlautbarung, dass es keine Arbeitslosigkeit gab. War das so?

Heute erzähle ich vor allem Westdeutschen gerne: „Doch, es gab bei uns viele Arbeitslose, die haben dafür nur sehr viel Geld bekommen."

Einen Mitarbeiter konnte man so gut wie nicht entlassen. Bei einem besonders dreisten Kraftfahrer unseres Verlages war uns allerdings irgendwann mal die Hutschnur geplatzt. Um es abzukürzen: der Prozess zog sich in mehreren Instanzen über zwei Jahre, in denen ich unzählige Male vor Gericht zu erscheinen hatte. Viel Arbeit blieb dadurch liegen. Mittlerweile waren die zwei Mahnungen und der Verweis gegen ihn hinfällig geworden, da die nach einem halben Jahr zu löschen waren. Zum Schluss dieser sinnlosen Veranstaltung wurde der Sportverlag sogar noch dazu verurteilt, diesem Mann für einen Sonntagsdienst 30 Mark nachzuzahlen. Der hatte längst eine neue Tätigkeit begonnen. Wenigstens fuhr er so keinen einzigen Kilometer mehr für unseren Verlag.

Ich muss jedoch betonen, dass ich in all den Jahren im Sportverlag fast ausschließlich von guten und zuverlässigen Mitarbeitern, die gerne zur Arbeit erschienen, umgeben war. Dennoch gab es auch bei uns Spitzenkräfte, einige Mitläufer und eben ein paar Faule.

Zum Beispiel bekam ich immer die Gehalts-Plansumme des Verlags für das kommende Jahr genannt. Die ergab sich aus der Addition der Jahresgehälter aller 180 Mitarbeiter. Wenn nun eine 5%ige Erhöhung der Gesamtsumme beschlossen wurde, hätte ich das Geld gerne genommen, ohne gezwungen zu sein, alle Leute mit Planstellen zu behalten. Um ehrlich zu sein, hätte ich sogar Leute entlassen, da einige unsere Arbeit durch Trägheit oder Dummheit eher erschwerten und die Gehaltserhöhung lieber an diejenigen weitergegeben, die sich täglich den Hintern aufrissen. Das ging natürlich nicht.

Konntest Du nie etwas für Deine Mitarbeiter herausholen?

Vielleicht dazu eine Begebenheit aus der Anfangszeit: Nach der Betriebsplan-Aufstellung für das kommende Jahr mussten wir unsere Vorstellungen, Ziele und Ausgaben – also unseren Plan - immer vor drei Genossen der Zentrag verteidigen. Die fragten z.B.: „Wieso steigen eigentlich die Ausgaben für die Reisekosten im nächsten Jahr?" „Na da ist doch Olympia!", konnten wir wahrheitsgemäß antworten. „Ach so, na klar." Das Budget wurden genehmigt. Im darauf folgenden Jahr die gleiche Frage: „Warum steigen die Reisekosten denn nun schon wieder?" „Na ihr wisst doch, da finden die ganzen Europa- und Weltmeisterschaften in allen möglichen Sportarten statt!" „Ja klar!" Im dritten Jahr wiederholte sich das Spiel und wir erläuterten, dass ja nunmehr die Ausscheidungswettkämpfe für Olympia gegen die westdeutschen Sportler (damals gab es noch eine gemeinsame deutsche Delegation) ausgetragen würden. „Gut, das verstehen wir." Im Jahr 4: „Das kann doch nicht sein, dass eure Reisekosten schon wieder steigen!" „Aber da ist doch wieder Olympia!"

Später – als Verlagsleiter – musste ich natürlich auch auf die Kostenseite achten. Ich glaube dennoch, dass ich mich immer für die Belange meiner Mitarbeiter eingesetzt habe, aber letztendlich müsstest Du sie dazu selbst befragen.

Schon wieder 'ne Goldene – die Olympischen Spiele

Eine Frage mit Bitte um ehrliche Antwort: Warst Du in diesem Land ein Privilegierter?

Lass es mich so formulieren: Als Verlagsdirektor verdiente ich etwas über 2000 Mark im Monat, fuhr einen Wartburg, hatte eine schöne Wohnung in der Bötzowstraße mit Zentralheizung und eine kleine Laube in Karolinenhof und später in Priort. Doch in der DDR gab es viele Parteifunktionäre, Chefredakteure, Künstler und Kfz-Mechaniker, die wesentlich mehr verdienten, größere Autos fuhren und riesige Villen an Wassergrundstücken bewohnten. Dennoch muss ich die Frage eindeutig mit „Ja" beantworten. Ich konnte die faszinierende Welt sehen, während viele meiner Mitmenschen diese nur aus dem Fernsehen oder der Zeitung kannten. Fast ungehindert durfte ich das nicht-sozialistische Ausland bereisen und konnte dort Eindrücke sammeln, die nur wenigen DDR-Bürgern vergönnt gewesen waren. Wenn sich meine Söhne kritisch über Reisebeschränkungen in unserem Land äußerten und ich das abwiegelte, sagten sie immer: „Du brauchst nichts zu sagen. Du kannst ja überall hin!"

Nachdem ich Leiter des Verlages geworden war, stimmte das zwar nur noch eingeschränkt, da ich mich fortan vor allem um organisatorische Belange kümmern musste und somit weniger reiste. Zumindest setzte ich bei der Zentrag durch, dass ich, als Herausgeber der DDR-Olympia-Bücher, weiterhin zu den Spielen fahren durfte.

Meine Eltern fragten mich bei meiner Rückkehr immer ganz aufgeregt: „Hast du denn das gesehen? Warst du denn da auch mit dabei gewesen?" Ich antwortete dann immer lächelnd: „Mensch Muttel und Vater, ihr habt hier im Fernsehen viel mehr von Olympia gesehen!", denn ich konnte ja nicht bei allen Wettkämpfen gleichzeitig sein. Doch es gab auf diesen Reisen etwas anderes. Ich erlebte dort Dinge, die eben nur möglich waren, wenn man sich vor Ort befand.

Erzähl doch mal von Deinen ersten Olympischen Spielen.

Meine persönlich erste Olympiade im Sportverlag erlebte ich noch am Radiogerät und gewissermaßen auf den Straßen von Berlin. Der Boxer Wolfgang Behrendt hatte 1956 in Melbourne die erste Goldmedaille für die DDR im Bantamgewicht errungen. Als der Volksheld in einer gigantischen Parade auf der Karl-Marx-Allee in Berlin empfangen wurde, winkte ich ihm begeistert zu und hoffte einmal im Leben beim größten Sportereignis der Welt, selbst mit dabei zu sein.

Schon 1960 gingen meine Träume in Erfüllung. In einem großen Tross von DDR-Sportjournalisten, Funktionären (und Aufpassern) fuhren wir mit dem Zug nach Rom und wohnten dort in einem Kloster. Zu elft in einem Raum war das weder luxuriös noch ruhig, da mindestens ein Kollege immer Dienst hatte und wir uns fast 24 Stunden die Klinke in die Hand gaben. Doch das fantastische Rom mit seiner einmaligen Architektur und die Atmosphäre, die herrschte, wenn so viele Menschen aus unterschiedlichen Ländern aufeinander trafen, entschädigten für den unruhigen Schlaf.

Die Segelwettkämpfe fanden in der Bucht von Neapel statt. Im olympischen Dorf traf ich einen westdeutschen Kollegen, der in Südamerika lebte und von dort aus auch für das Sportecho Artikel schrieb. Da er für einige Verlage im Westen zudem Fahr- und Testberichte über die neusten Automodelle verfasste, hatte er in Rom wieder einen schicken Wagen zur Verfügung gestellt bekommen. Er sprach mich an: „Ich fahre heute runter nach Neapel zum Segeln und will mir dann mal die Stadt anschauen." „Können wir mitfahren?", rief ich sofort. „Na klar. Ich habe genug Platz im Auto!" Und schon bestieg ich mit unserem Fotografen Herbert Kronfeld die Luxuskarosse.

Dort angekommen, parkten wir etwas oberhalb des Yachthafens. Ich schaute hinab und erkannte sofort jemanden. „Herbert, komm mal schnell her. Dort unten stehen gerade die Olympiasieger in der Drachen-Klasse. Mach doch mal ein paar Fotos!" Der ließ sich nicht lange bitten, rannte hinunter und sprach die drei Männer an. Ganz professionell ließ er sie auf- und abmarschieren und gab Befehle, in welchem Winkel sie sich vor ihrem Boot „Nirefs" aufzustellen hatten. Zufrieden kehrte er zurück, zückte sein Notizbuch und sagte: „Horst, sag mir mal schnell noch die Namen." Ich antwortete: „Zaimis, Eskidioglou und Kronprinz Konstantin von Griechenland." Herbert sah mich geschockt an: „Das ist jetzt nicht dein Ernst? Das hättest du mir doch mal vorher sagen können. Weißt du eigentlich, wie ich den angefahren habe, als er sich nicht in die richtige Position stellen wollte." Ich musste grinsen. Er hatte soeben den späteren König von Griechenland herumkommandiert.

Es waren genau diese kleinen Begebenheiten am Rande, die für mich die große Faszination Olympia ausmachten. Geschichten, die man nur dann erzählen konnte, wenn man sie selbst erlebt hatte.

Gibt es noch eine besondere Anekdote aus Rom?

Die Kirche hatte zum Beispiel im Vorfeld der Spiele überall Grundstücke und Immobilien in der Innenstadt gekauft, die sie danach gewinnbringend verkaufen konnte. Überall klebten Plakate: „An Gott kommt niemand vorbei." Auf vielen stand schon bald darunter: „Doch! Sante Gaiardoni!" Als Radsportexperte hatte ich seine beiden Olympiasiege im Sprint und 1000 Meter Zeitfahren im Stadion erlebt und begeisterte mich nun für den Humor der Italiener und die Euphorie um ihren Champion. Gegen Ende der Wettkämpfe war an einigen Transparenten sogar das Wort „Gott" durchgestrichen und durch „Franco" ersetzt worden. Auch den italienischen Box-Olympiasieger im Schwergewicht Francesco de Piccoli hatte ich bei einem Kampf live bewundern können. Ich ahnte damals nicht, dass Piccoli wieder in der Versenkung verschwinden und der Junge, der im Halbschwergewicht gewonnen hatte, eine ganz große Nummer werden würde. Sein Name: Cassius Clay.

Die Spiele in Montreal waren die ersten, bei denen die DDR in der Medaillen-Wertung so richtig abräumte. Hast Du dort auch etwas Besonderes erlebt?

Auch in Montreal 1976 erinnere ich mich komischerweise zuerst an die Segelwettbewerbe, obwohl ich beileibe kein ausgewiesener Experte für diese Sportart war. Die Regatten fanden auf dem Ontariosee, knapp 280 Kilometer vom eigentlichen Austragungsort entfernt, statt und da an einem Tag nicht sonderlich viel los war, fuhr ich mit einem Pressebus hinaus. Dort angekommen organisierte eine befreundete Presse-Verantwortliche, dass ich auf einer Yacht eines einheimischen Motorbootbesitzers mitfahren konnte. Zusammen mit einem schwedischen Kollegen schipperten wir also auf den ozeangroßen See. Sofort bot uns der Kapitän ein Bier an, was wir natürlich nicht ablehnen konnten. Als ich meine 6x6 Praktika herausholte, beugte sich der Schwede interessiert zu mir herüber. Wir brauchten diese Kamera, da unsere Druckerei für ganzseitige Farbaufnahmen nur diese Bilder verwenden konnte. Der Journalist aus dem Norden konnte ganz gut Deutsch. „Ist das noch eine von vor dem Krieg?", fragte er mich plötzlich. Ich sah ihn erstaunt an und reichte ihm das gute DDR-Fabrikat. „Oh, entschuldigen sie bitte", rief er, nachdem er sie etwas genauer begutachtet hatte. Das Ding sah tatsächlich antiquiert aus und war zudem riesengroß, doch die Qualität schien auch ihn zu überzeugen. Wir prosteten uns zu und genossen den herrlichen Sommertag. Segeln ist ja relativ langweilig, aber auf unserem Boot war es nach etlichen Bieren sehr lustig. Zufällig wurde unser Jochen Schümann an diesem Tag auch noch Olympiasieger in der Finn-Dinghy-Klasse.

Du bist also auch bei einem DDR-Olympiasieg live mit dabei gewesen?

Das war ja schon fast keine Sondermeldung mehr. 40 Goldmedaillen sollten am Ende für unser kleines Land zu Buche stehen. Journalisten aus anderen Ländern lästerten schon: „Immer wenn ihr euch trefft, freut ihr euch über die vielen Olympiasieger, dabei wisst ihr ja teilweise die Namen am nächsten Tag schon nicht mehr." Ehrlicherweise musste ich das sogar zugeben. Wir hatten in Kanada am Ende tatsächlich die USA (34 x Gold) in der Länderwertung hinter uns gelassen. Das schmerzte die stolze Großmacht, die gerade ihren 200. Jahrestag der Unabhängigkeit feierte, sehr. Auch die

Sowjetunion (49 x Gold) vermieste ihnen die Feierlichkeiten. Nach den vielen Erfolgen, war ich bei den Ruderwettbewerben so heiser, dass ich kaum noch sprechen konnte und eigentlich wollte ich es nur leise zu unserem Fotografen herüberflüstern. Doch plötzlich war die Stimme wieder da und die gesamte Tribüne hörte meinen Schrei: „Schon wieder 'ne Goldene!" Alle schauten mich an – man war das peinlich. Daran erinnere ich mich noch. Wer allerdings die Medaille für unsere großartige Sportnation gewonnen hatte, habe ich längst vergessen.

Waren die Kollegen aus anderen Nationen neidisch auf die Erfolge der DDR?

DTSB-Präsident Manfred Ewald erzählte mir später einmal, dass der Schweizer Präsident der Internationalen Ruderförderation zu ihm gesagt habe: „Manfred, so geht das aber nicht. Ihr macht das Rudern kaputt, wenn ihr so viel gewinnt." In anderen Ländern würden die Fördermittel gestrichen, wenn sie der DDR immer mit fünf Bootslängen hinterher fahren.

Und ein westdeutscher Kollege erzählte mir folgendes: Als er im Taxi in Montreal gefragt wurde, aus welchem der beiden Deutschlands er eigentlich käme und er etwas genervt mit „Bundesrepublik" geantwortet hatte, drehte sich der Fahrer um und sagte: „Na, da müssen sie sich aber nicht gleich ärgern!"

„Der wusste wenigstens, dass es zwei deutsche Staaten gibt!", rief mir der Kollege empört zu, denn in den Stadien dieser Spiele war die DDR-Hymne mittlerweile als die deutsche bekannt. Dennoch musste er schmunzeln und klopfte mir auf die Schultern. Bei Olympiaden war es nämlich so, dass wir Journalisten uns untereinander oft sehr gut verstanden. Da gab es kein Ost oder West, sondern nur Sympathie oder Antipathie – wie im normalen Leben.

Welche Sportler sind Dir trotz der vielen Erfolge in Erinnerung geblieben?

Neben unserem sensationellen Marathon-Olympiasieger Waldemar Cierpinski war 1976 die Schwimmerin Kornelia Ender der große Star im DDR-Team. Sie allein holte vier Goldmedaillen und gewann zwei Finalläufe innerhalb von nur 25 Minuten. Bei den 100 Metern Schmetterling egalisierte sie ihren eigenen Weltrekord und bei den 200 Metern Freistil verbesserte sie ihn sogar. Die weltweite Presse war hinter ihr her, als sich eines Tages eine ältere Dame aus den USA im Pressezentrum meldete. „Wen wollen Sie denn sprechen?" „Kornelia Ender. Das ist meine Enkelin!" Kein Mensch, so erfuhr ich später, nicht einmal die „Journalisten aus der Normannenstraße" (MfS) hatte gewusst, dass Frau Ender Verwandtschaft in Amerika hatte. Und das, wo doch jeder und alles hundertfach vorher überprüft worden war. Unter Ausschluss der Öffentlichkeit wurde das Treffen dann organisiert – so simpel hätte das alles sein können.

Simpel waren manchmal auch andere Dinge. Für das Olympiabuch des Sportverlags hatte ein Kollege nicht rechtzeitig das Manuskript für die Reitwettkämpfe abgeliefert, welches wir aber dringend brauchten. Ich hatte keinerlei Ahnung vom Reiten und war dort auch nur einen Tag gewesen. Mithilfe von Zeitungsartikeln habe ich dennoch eine ganz manierliche Berichterstattung geschrieben, denn ich hatte einen Vorteil: ich wusste wenigstens, wie es dort ausgesehen hatte.

Und Deine Eltern fragten Dich bei Deiner Rückkehr noch immer aus?

Eigentlich eher meine Kinder. Klaus erzählte mir beispielsweise, dass er immer ganz gebannt vor dem Fernseher saß und schaute, ob er mich irgendwo entdecken würde. Über Montreal berichtete er zum Beispiel: Als die kleine Marija Filatowa gerade ihre Bodenkür vollführte, nickte er anerkennend und nahm einen kräftigen Schluck aus der vorsorglich in Reichweite deponierten Bierflasche. Dann starrte er ungläubig auf euch beide. Dein damals zweijähriger Bruder Benny und Du wirbelten, tanzten und sprangen wie wild auf dem Wohnzimmerteppich herum. Ihr habt Purzelbäume geschlagen und versucht an den Wänden einen Kopfstand zu machen. Ausgelöst hatte diese außerplanmäßige „Sport-stunde" eine kleine sowjetische Turnerin und beendet wurde sie von eurer Mutti, die berechtigte Angst um die große Bodenvase hatte.

Ein Olympiajahr war sicher ein erlebnisreiches aber auch anstrengendes Jahr, da die Sommer- und Winterspiele damals ja noch im selben Jahr ausgetragen wurden. Berichte doch mal etwas über eine Winterolympiade.

1980 gaben sich die Klassenfeinde praktisch die olympische Fackel in die Hand. Der Winter in Lake Placid/USA im Bundesstaat New York und der Sommer in Moskau, Hauptstadt der Sowjetunion.

Die Athleten aus aller Welt wohnten in Lake Placid in Häusern, die nach den Spielen zu einem Hochsicherheitsgefängnis umfunktioniert wurden. Ein Sportler erzählte mir später, dass er sich an keine einzige ruhige Nacht erinnern kann, da es in diesem Neubau ununterbrochen schallte und die Metalltüren der „Zellen" derart laut ins Schloss fielen, dass man sofort aus dem Schlaf gerissen wurde. Ich weiß nicht, ob der US-Verband, deren Spitzenleute in komfortablen Quartieren außerhalb der Stadt untergebracht waren, damit unsere Siegchancen schmälern wollten oder ob das nur eine lustige Idee gewesen war. Die UdSSR holte übrigens zehn Goldmedaillen, die DDR neun und die USA lediglich sechs. Allein fünf davon gewann ein gewisser Eric Heiden. Er siegte auf allen Strecken zwischen 500 und 10 000 Metern im Eisschnelllauf und war neben dem US-Eishockeyteam, das die Sowjets überraschend schlug, der große Star beim heimischen Publikum.

Hast Du ihn auch einmal laufen sehen?

Am Tag als ich erstmals zur Bahn fuhr, welche von einer wunderschönen Bergkulisse eingerahmt wurde, hätte ich ihn unter den vielen Startern niemals erkannt. Als ich gerade mit einem unserer Trainer sprach, spielten hinter uns an den Hängen der Berge ein paar Kinder mit einem Erwachsenen

Fangen und kreischten dabei lautstark vor Freude. „Das da ist übrigens Eric Heiden", sagte der Trainer und deutete auf den Mann mit der Pudelmütze in der Kinderschar. „Du, der muss doch gleich laufen!", antwortete ich irritiert. „Das ist ja das Problem. Der gewinnt auch so!" Richtig! Viermal mit olympischem Rekord und auf der längsten Strecke sogar mit Weltrekord. Heiden war übrigens auch in anderer Hinsicht ein bemerkenswerter Mensch. In einer Pressekonferenz hatte er, der später auch erfolgreich in Radrennen antrat, verkündet: „Es ist wirklich schlimm, dass bestimmte Leute verlangen, dass die USA die Olympiade in Moskau boykottieren sollen. Ich bin darüber enttäuscht."

Was ist aus DDR-Sicht von diesen Spielen bei Dir hängen geblieben?

Ein Erlebnis beim Rennrodeln werde ich nie im Leben vergessen. Dettlef Günter, unser Olympiasieger von 1976, galt auch in Lake Placid 1980 als großer Favorit. Tatsächlich führte er nach zwei Läufen deutlich, doch tragischerweise stürzte er im dritten auf der anspruchsvollen Bahn. Er konnte sich zwar wieder aufrappeln und über die Ziellinie fahren, fiel dadurch aber auf Platz neun zurück.

Plötzlich war Bernhard Glass unser aussichtsreichster DDR-Medaillenkandidat. Sein Start war zu Beginn der Spiele noch unsicher, da er sich den Finger gequetscht hatte. In einem internen Ausscheidungsrennen qualifizierte er sich jedoch, startete und lag vor dem vierten und entscheidenden Lauf auf Platz zwei. Es führte mittlerweile der Weltklassemann Ernst Haspinger aus Südtirol in Italien.

Den finalen Lauf wollte ich mir nicht entgehen lassen. Mit Werner Schreier, dem Chefredakteur vom Sportecho, stand ich in der letzten Kurve vor dem Auslauf. Bernhard Glass musste als Erster fahren und ihm gelang eine außerordentlich gute Fahrt, mit der er erstmal in Führung ging. Er nahm seinen Helm ab und stellte sich lächelnd zu uns. Wir gratulierten ihm und warteten gemeinsam auf die kommenden Starter. Dettlef Günther gab noch einmal alles und fuhr eine sensationell gute Zeit im vierten Lauf. Der nächste

Rennrodler stürzte.

Glass rief neben uns aufgeregt: „Mensch, jetzt ist der Dettlef ja schon Achter". Der nächste Athlet fuhr langsamer als Glass und Günther und der übernächste stürzte wieder. „Wahnsinn, nun ist der Dettlef schon Sechster", rief Glass glücklich. Und tatsächlich überschlug sich ein weiterer Rennrodler im Eiskanal, bevor endlich der führende Ernst Haspinger an der Reihe war. Für die Goldmedaille hätte er eigentlich nur noch herunterfahren müssen. Bis 150 Meter vor dem Ziel sah es auch gut für den Italiener aus, doch in Kurve 12 riskierte Haspinger zu viel. Sein Schlitten stellte sich in der Einfahrt quer und kippte um. Der Sieg war dahin. Die beiden letzten Fahrer spielten keine Rolle mehr.

Bernhard Glass sprang neben uns in die Höhe, ballte die Fäuste und brüllte: „Wahnsinn, da ist der Dettlef ja noch Vierter geworden!" Wir schauten ihn ungläubig an. Werner Schreier tippte ihm auf die Schulter: „Ja Bernhard. Und du bist Olympiasieger!" Für einen Moment sahen wir, dass er die Information erst mal verarbeiten musste. Dann murmelte er staunend: „Ach ja!"

Obwohl sich viele Sportler und Politiker gegen den Boykott der Spiele von Moskau ausgesprochen hatten, fand dieser statt. Waren es dennoch bemerkenswerte Spiele?

Dass die Olympischen Spiele von Moskau die erfolgreichsten in der Geschichte der DDR werden würden, stand somit im Prinzip schon vor den Wettkämpfen fest, da die USA, die Bundesrepublik und viele andere Länder der westlichen Welt, aufgrund des Einmarsches der Sowjets in Afghanistan, tatsächlich nicht an der Olympiade teilnahmen. Die 47 Goldenen und 126 Medaillen insgesamt drückten dennoch aus, dass unser Land endgültig zur zweitgrößten Sportnation der Erde aufgestiegen war.

Wie immer war ich viel beim Schwimmen und Radsport unterwegs, da dies nach wie vor „meine" Sportarten waren. Auf der Radrennbahn mit ihrem sibirischen Lärchenholz-Belag sah ich so den grandiosen Sieg von Lothar Thoms im 1000 Meter Zeitfahren. Der war als Erster gestartet, fuhr

Weltrekord und bei immer schlechter werdenden Bedingungen, da es kälter wurde, kam niemand mehr an seine Fabelzeit heran. Wäre er als Letzter gefahren, hätte er womöglich nur den achten Platz belegt. So nah waren oftmals Sieg und Niederlage beieinander.

Auch unserem Sprinter Lutz Heßlich gelang ein Husarenstück. Im Finale startete er gegen den ausgewiesenen 1000 Meter Zeitfahrspezialisten Yave Carhard. Im Sprint ist es ja oft so, dass sich die Fahrer in den ersten beiden Runden belauern und erst kurz vor Schluss Vollgas geben. Nicht so Heßlich im entscheidenden dritten Lauf. Ausgerechnet gegen den ausdauernden Franzosen zog er den Sprint bereits 600 Meter vor dem Ziel an. Die umliegenden Leute mussten mich festhalten, so aufbrausend war ich, ob seiner Dummheit. Ich schrie mir die Seele aus dem Leib. Doch wer wagt gewinnt. Lutz Heßlich schlug Carhard mit seinen eigenen Waffen und wurde Olympiasieger.

Viele ehemalige DDR-Bürger erinnern sich an Moskau 1980 aber wegen eines besonderen Ereignisses. Du weißt was ich meine? Warst Du dabei?

Ja und nein! Am 1. August saß ich im Moskauer Leninstadion bei den Leichtathletik-Wettbewerben. Allerdings hatten wir in der Innenstadt ein DDR-Pressezentrum eingerichtet, welches immer mit zwei Leuten besetzt sein sollte und ab 17 Uhr hatte ich dort Dienst. Obwohl viele wichtige Entscheidungen anstanden, konnte ich nicht bis zum Schluss bleiben. Auch der Hochsprung-Wettkampf war gerade in die Endphase gegangen und mit Gerd Wessig und Jörg Freimuth aus der DDR und dem Polen Jacek Wszola waren nur noch drei Leute übrig, die alle Höhen gemeistert hatten. Ein Kollege stieß mich an und rief: „Horst, du musst los!"

Zeitgleich lief der Marathonlauf in den Straßen von Moskau, doch über den Stadionsprecher hatten wir bisher nur erfahren, dass eine Gruppe in Front läge und dann lange nichts mehr gehört. Ich machte mich also auf den Weg in Richtung Omnibushaltestelle. Gerade als ich am großen Stadiontor war, kam mir der so genannte Führungswagen des Marathonlaufes entgegen und dahinter rannte ein einzelner Läufer. Es war unser Waldemar Cierpinski! Der Mann, der schon den Olympia-Lauf von Montreal gewonnen hatte. Was für eine grandiose Leistung!

Mein Kollege Heinz-Florian Oertel sprach eine Minute später, als Cierpinski über die Ziellinie lief, die berühmten Sätze: „Liebe jungen Väter oder angehende, haben Sie Mut! Nennen Sie die Neuankömmlinge des heutigen Tages ruhig Waldemar! Waldemar ist da!"

Es war ein magischer Augenblick des DDR-Sports, doch ich stand leicht beträpfelt vor den Toren des riesigen Stadions. Wie üblich gratulierten mir die Journalisten aus den anderen Ländern, als ich im Pressezentrum erschien. Zu meinem Kollegen sagte ich euphorisch: „Mensch, das ist ja Wahnsinn mit dem Waldemar!" Der schaute mich an und rief: „Was heißt hier Waldemar. Der Wessig ist gerade Weltrekord gesprungen!" Auch die sensationellen 2,36 Meter unseres Hochspringers hatte ich also verpasst, stellte ich ernüchtert fest. Dennoch denke ich gerne an diesen Tag zurück, denn ich war ja irgendwie mit dabei gewesen!

Aufträge erteilen – Anekdoten aus dem Sportverlag

Blieb durch die Konzentration auf den Hochleistungssport nicht der Massensport in der DDR auf der Strecke?

Beileibe nicht nur Rekorde und Medaillen der Olympiasieger machten die Faszination Sport aus. Der DTSB hatte bis zur Wende etwa 3,7 Millionen Mitglieder, die sich sportlich betätigten. Das waren immerhin über 20% der gesamten DDR-Bevölkerung.

Schon im Kindergarten wurde viel wert auf Bewegung gelegt und fast jeder zweite Jugendliche war danach in Schulsportgemeinschaften organisiert. Ich kann versichern, dass die meisten dort freiwillig aktiv waren und sich gerne mit anderen Schulen in Pionierpokalen und Kinder- und Jugendspartakiaden maßen. Für die besten bestand natürlich die Aussicht, in die angesehene Sportelite unseres Landes aufzusteigen.

Aber auch für jene, die das nicht schafften – zugegeben die meisten – gehörte der Sport danach weiterhin zum Leben. Neben anderen Zeitungen unseres Landes unterstützte das Deutsche Sportecho den Fernwettkampf „Stärkster Lehrling" und „Sportlichstes Mädchen" in den Betrieben. Wir waren immer aufs Neue erstaunt, zu welchen Höchstleistungen die Jugendlichen fähig waren. 60 Kniebeugen mit 25 Kilogramm Belastung in 60 Sekunden, 100 Beugestütze in drei Minuten oder 35 Klimmzüge musste man schon bringen, um im Spitzenfeld dabei zu sein. Beim Schlussdreisprung kamen die Besten auf Weiten von bis zu 9,50 Metern. Bei den Mädchen schafften im Seilspringen nicht wenige 150 Seildurchschläge, einige sogar über 200 innerhalb von einer Minute.

Auch in den FDGB-Ferienheimen gab es unzählige Sportanlagen. Wer in seinem Urlaub keine Lust auf das heimeigene Schwimmbad, die Sauna, den Volleyballplatz hinterm Haus oder die Kegelbahn hatte, konnte sich immer noch auf den Tanzabenden sportlich verausgaben. Etliche Leute machten sogar ihr Sportabzeichen während dieser Tage, um ihren Kindern, die das längst in der Schule erlangt hatten, in Nichts nachzustehen. Die eigentliche Funktion des Sports, die Gesundheit zu fördern, war also auch in der DDR stark ausgeprägt. So gab es alljährlich die „Meile" am Neujahrsmorgen, bei denen einige allerdings nur teilnahmen, um ihren Kater loszuwerden. Ich will hier keine Namen nennen.

Ich erinnere mich, dass wir unseren Vater im Volkspark Friedrichshain bei diesem Lauf fast immer abhingen. Was gab es noch?

Das Fernsehen! Die beliebte Reihe: „Mach mit - mach's nach – mach's besser" unter der Anleitung von „Adi" erfreute sich einer sensationellen Beliebtheit und auch „Mach mit – bleib fit!" schauten die Menschen gern.

Während der Wochen des größten Amateur-Radrennens der Welt, gab es immer eine „kleine Friedensfahrt", bei der schon die Jüngsten um die Siegerschleife rangen.

Auch die Frauenzeitschrift „Für Dich" hatte irgendwann einen „Familien-Wettkampf" ins Leben gerufen. Eine Übung war dabei beispielsweise, dass man sich auf eine Parkbank stellen und den Rumpf so weit wie möglich nach vorn beugen musste. Wer mit den Fingerspitzen am weitesten unter die Sitzleisten der Bank kam, hatte familienintern gewonnen.

Ebenso gab es das „TTT – Tischtennis-Turnier der Tausenden!" Als das Ereignis organisiert wurde, waren noch alle pessimistisch, doch schon im ersten Winter traten über 3000 Berliner – also Tausende - in der Sporthalle in der Karl-Marx-Allee gegeneinander an. Dem Beispiel folgten viele andere Städte und eigentlich hätte man den Namen schon bald in „TTZ – Tischtennis-Turnier der Zehntausenden" umbenennen müssen.

Selbst das mittlerweile sehr beliebte „Wandern" hatte in der DDR eine ernstzunehmende Anhängerschaft. Viele Menschen liefen schon damals fröhlich auf dem Rennsteig des Thüringer Waldes. Manche wanderten in ihrem Urlaub sogar von Eisenach bis nach Katzhütte. Auch Rad- und Kanutouren und die Wanderungen im Umland von Berlin, welche die Zeitung „Neues Deutschland" organisierte, waren beliebt.

Einige Veranstaltungen gibt es noch heute. Der Sport hatte eben viele Gesichter in der DDR.

Im Sportverlag in Berlin ist doch sicherlich auch einiges passiert. Mich interessieren aber eher die kleinen Geschichten aus dem Arbeitsalltag.

Oftmals wurden über unsere Köpfe hinweg vollkommen hirnrissige Entscheidungen getroffen, da sich die Parteiführung in jede noch so bedeutungslos wirkende Angelegenheit einzumischen pflegte. Kleinste Fehler wurden dann sofort zur Staatsaffäre hochstilisiert. So hatten wir beispielsweise das Pferdesportbuch „Sieger in Sattel und Sulky" herausgebracht. Irgendein Verrückter hatte sich in einem Beschwerdebrief an das ZK der SED bitterlich darüber beschwert, dass wir dort „Werbung für einen Kapitalisten" machen würden.

Wir mussten ein Rundschreiben an alle Buchhandlungen der Republik verfassen, in dem wir mitteilten, dass das Buch zurückgezogen wurde und an den Verlag zu schicken sei. In der Neustädtischen Straße ist jedoch kein einziges Exemplar angekommen, denn blitzschnell hatte sich herumgesprochen, dass in dem Werk etwas ganz „Gefährliches" stehen musste. Es wurde zur „Bückware" und heimlich unter dem Ladentisch weiterverkauft. Ich bin mir bis heute sicher: 99 % der Leser haben die verwerfliche Stelle nie gefunden, denn im Buch stand lediglich der Satz: „Dieses berühmte Pferd hatte Opel einst seiner Tochter geschenkt." Der böse Imperialist, Herr Opel, sorgte also auch in der DDR für Bestseller.

Wenn jedoch ein Buch den Literaturpreis des FDGB (Freier Deutscher Gewerkschaftsbund) bekommen hatte, war es von heute auf morgen erschossen. Die Bauchbinde „Literaturpreis des FDGB" vermittelte den Lesern scheinbar augenblicklich: „Das kann man ja sicherlich nicht lesen." Obwohl da auch gute Werke dabei waren, hatten die Menschen an vermeintlich „linientreuem Gesülze" kein Interesse.

Du hattest davon berichtet, dass euer Verlag wirtschaftlich sehr erfolgreich gewesen war. Kannst Du noch ein bisschen ins Detail gehen?

Der Sportverlag war über all die Jahre sicher ein Erfolgsbetrieb. In vielen Jahren haben wir große Gewinne erwirtschaftet und oftmals auch zwei Millionen Exporterlöse – davon eine Million in harten Devisen. Unsere Sportbücher (und Lizenzen) waren auch in der westlichen Welt hoch angesehen, schließlich wurde jedes vierte Buch außerhalb der DDR verkauft. Und wir hätten noch erfolgreicher sein können!

Aus Geldmangel durften oftmals keine Journalisten zu bestimmten Ereignissen geschickt werden. Somit konnten wir natürlich auch nicht vernünftig darüber berichten. Unzählige Sportveranstaltungen wurden von meinen Kollegen und mir „live" bei Fernsehübertragungen geschrieben. Wir taten dabei einfach so, als ob jemand von uns vor Ort wäre und hatten sogar einen „Sepp Stadlmeyer" erfunden, der dann zum Beispiel von der Winterstudenten-Olympiade berichtete: „Als ich heute Morgen aus dem Fenster meines Hotels blickte, schneite es in dicken Flocken." Wir wollten dem Leser das Gefühl vermitteln, dass sich der Reporter in einer winterlichen Berglandschaft befände, während er eigentlich vor der Glotze hockte.

Dennoch war auch das sehr zeitaufwendig, sodass ich mehrere Male bei der Zentrag vorsprach: „Gebt uns doch bitte ein paar D-Mark, damit wir uns einen Videorekorder kaufen können!" So hätten wir die Veranstaltungen wenigstens aufzeichnen können. Doch das Geld wurde nicht genehmigt.

Auch Mittel für die handlichen, leichten Reiseschreibmaschinen, die es längst in der Bundesrepublik gab, wurden nie bewilligt. Damals durften wir nur mit 20 Kilogramm Gepäck ins Ausland fahren und unsere Schreibmaschinen waren so schwer, dass wir auf manche Dinge verzichten mussten. So kam es, dass etlichen DDR-Journalisten ausgerechnet im Westen ihr Arbeitsmittel kaputt ging. Dann brauchten sie natürlich dringend eine neue Maschine und mussten sie vor Ort kaufen. Das wurde genehmigt. So simpel war das. Aber seien wir mal ehrlich: es wäre auch einfacher gegangen!

Als Verlagsleiter bist Du ja auch zu den Buchmessen gefahren. Wie war es in Frankfurt am Main als die DDR noch existierte?

1961 fuhr ich erstmals zur Frankfurter Buchmesse. Am Hauptbahnhof gab es eine Vermittlung mit Zimmernachweis und so landete ich, ziemlich weit draußen, bei einer herzensguten Bäckerfamilie. Bei schönem Wetter lief ich manchmal zur Messe, um die Straßenbahn-Tickets zu sparen. Über die Jahre wurden wir Freunde, denn bis 1989 habe ich dort immer übernachtet. Ich sah ihren Betrieb wachsen, die Kinder groß werden und die Gastgeber altern. Vom ersten Tag an ließen sie mich erst aus dem Haus, wenn die große Thermos-kanne mit Kaffee gefüllt und der riesige belegte Brötchenberg in meiner Tasche verstaut war. Die Vorräte reichten für mich und unsere Standbesatzung den ganzen Tag.

Die Bäckerei war ein Privatunternehmen und ich staunte fast jedes Jahr aufs Neue, dass sie wieder nicht im Urlaub gewesen waren. Sie konnten es sich einfach nicht leisten, den Betrieb für drei Wochen zu schließen, sonst hätten sich unter Umständen die Lebensmittelgeschäfte einen anderen Zulieferer gesucht. Jeden Tag um 4 Uhr morgens startete die Teigknetmaschine in den Räumen unter mir und sie hatten oft Angst, dass mich das stören könnte. Doch ich schlief immer tief und fest und fragte mich, ob ich mit diesem Leben tauschen wolle.

Auch dass auf der Toilette altes abgestandenes Wasser vom Wäschewaschen aufbewahrt wurde, das sie zum Spülen benutzten, war für mich ungewohnt. „Wassersparen" kannten wir in der DDR nicht. Sie erzählten mir zudem immer, wo man in Frankfurt günstig Fleisch, Käse oder Wurst kaufen könne. Ich kannte nur unsere einheitlichen Verkaufspreise und begriff lange nicht, dass es im Westen gehörige Unterschiede gibt.

Obwohl ich immer zwei Stangen filterlose Caro mitgenommen hatte, musste ich mir eines Tages auch einmal Zigaretten in Frankfurt kaufen, da ich meine Schachtel bei den Bäckern vergessen hatte. Völlig ahnungslos ging ich in den kleinen Kiosk und als mich der freundliche Mann fragte, was ich wolle, antwortete ich wie aus der Pistole geschossen: „Eine Schachtel Stuyvesant." Die Dinger waren weder filterlos, noch schmeckten sie mir, doch innerhalb weniger Tage in einer Stadt mit riesigen Plakatwerbungen war ich auf die Reklame hereingefallen.

Hast Du auch mal etwas Größeres in Westdeutschland gekauft?

Natürlich habe ich meiner Familie und Freunden immer Geschenke aus Frankfurt oder von Olympia mitgebracht. Auf einer meiner letzten Reisen kaufte ich beispielsweise in der Innenstadt der Mainmetropole vom ersparten Tagesgeld einen weißen Doppelkassetten-Rekorder für Jenny, Juttas Tochter, zur Jugendweihe. Der kostete immerhin 99 DM und ich fragte die Kassiererin besorgt: „Können wir den nicht wenigstens mal kurz ausprobieren?" Sie schaute mich verwundert an und antwortete: „Wenn der nicht funktioniert, kommen Sie einfach wieder und wir tauschen ihn um!" Die Verkäuferin ahnte ja nicht, dass ich erst zur Buchmesse im kommenden Jahr reklamieren könnte.

Für Dich war die Aus- und Einreise in die DDR die normalste Sache der Welt?

Im Prinzip schon. In einem Jahr hielt der Zug jedoch, aus Frankfurt kommend, für 40 Minuten am Bahnhof Zoo in Westberlin und da sich ein Kollege ein bisschen auskannte, stiegen wir einfach aus und fuhren mit der S-Bahn zur Friedrichstraße. Der dortige Zöllner fragte uns streng: „Wo kommen sie denn her?" Wir hatten natürlich reichlich Gepäck und antworteten arglos: „Von der Frankfurter Buchmesse." Er plusterte sich jetzt regelrecht auf: „Aber der Zug ist doch noch gar nicht da!" Wir erklärten ihm, dass wir im Bahnhof Zoologischer Garten nicht 40 Minuten warten wollten, doch er belehrte uns nur: „Für einen Aufenthalt in Westberlin hatten sie keine Genehmigung!"

Kopfschüttelnd wurden wir doppelt und dreifach gefilzt und mussten uns anhören, dass es auch eine Mitteilung an die zuständigen Organe geben würde. Wir waren tagelang unbehelligt durch Frankfurt am Main gelaufen und durften in Westberlin nicht einmal den Bahnsteig wechseln, um früher in unser geliebtes Heimatland zu gelangen? Diese Dummheit ärgerte mich. Leider gab es Tausende solcher Leute in der DDR und die wurden zudem auch noch richtig gut bezahlt!

Gab es auch Situationen, in denen sich die Menschen hüben wie drüben nicht so deutlich unterschieden?

Bei der ersten Armeespartakiade in Leipzig war ich als Leiter des Pressezentrums bestellt. Mit meinem Ausweis hatte ich überall ungehinderten Zutritt und einige Kollegen, die oftmals vor verschlossenen Türen standen, beschwerten sich: „Du hast es leicht, du kommst ja überall hinein!" Daher wollte ich ihnen beweisen, dass ich mir auch ohne „wichtige Papiere" Zugang verschaffen könne.

Vor den Eingängen des Stadions standen überall zwei NVA-Soldaten (Nationale Volksarmee) in braun-rot-gelben Trainingsanzügen. Ich packte meinen Ausweis weg und sagte den drei Journalisten, dass sie mal zuschauen sollen. Forschen Schrittes lief ich zu den Bewachern und rief: „Passt mal genau auf, dass in dieses Tor in den nächsten zwei Stunden niemand mehr hineingelassen wird!" Die beiden nickten, brüllten „Jawohl" und ließen mich einfach passieren. In ihren Augen musste ich ein General gewesen sein, denn sonst hätte ich ihnen ja keinen Auftrag erteilen können.

Und in Westdeutschland?

Fußball war nie meine Sportart gewesen. Nicht, dass er mich nicht interessierte. Es gab einfach bessere und kompetentere Journalisten, die darüber leidenschaftlicher berichten konnten. Im März 1984 war ich dennoch zusammen mit Klaus Schlegel, dem Chefredakteur der FuWo (Fußballwoche), nach Hannover zum Länderspiel gefahren. Es spielte die BRD in einem Testmatch gegen die Sowjetunion und wir sahen ein ordentliches 2-1 der Westdeutschen mit Toren von Litowschenkow, Brehme und Völler. Nach Spielende sagte mir mein Kollege, dass er ganz gerne noch ein Interview mit dem sowjetischen Trainer machen wolle. Doch der war längst in den Räumen einer VIP-Party abgetaucht. Vor dem Eingang standen etliche muskulöse Bewacher und unzählige junge Frauen drängelten sich davor, um ein Autogramm ihrer Helden zu ergattern. Ich lief zum vermeintlichen Boss der Aufpasser, tippte ihn an und rief: „Ihr müsst die Mädels hier mal wegschicken. Wenn man da drin sitzt, sieht das so blöde aus." Er schaute mich mit Augen an, die zu sagen schienen: „Okay, der muss hier etwas zu melden haben", und winkte Klaus und mich durch. Dann kümmerte er sich um den Auftrag, den ich ihm erteilt hatte. Die Autogramm-Jägerinnen wurden verjagt.

Ewald, Krenz und Neue Foren – das Ende der DDR

Hast Du auch wichtige Funktionäre der DDR persönlich kennen gelernt?

Ich weiß nicht, wen Du meinst, aber falls es Erich Honecker ist – nein. Natürlich stand ich in engem Kontakt zu unserem langjährigen DTSB-Präsidenten Manfred Ewald. Obwohl ihm oftmals vorgehalten wurde, dass er recht diktatorisch waltete, kam ich immer mit ihm klar. Vor allem fand ich gut, dass er nie nachtragend war. Ein Beispiel: Bei wichtigen Verlagsentscheidungen musste ich an den Sekretariatssitzungen des DTSB teilnehmen. Ewald leitete die Sitzung. Wenn er sagte: „Die Decke ist grün", nickten seine Untergebenen und antworteten: „Ja, Genosse Ewald, hellgrün." Das Perfide daran war, dass man mit ihm eigentlich diskutieren konnte, die meisten trauten es sich nur nicht. Jedenfalls hatte ich in dieser Sitzung zu einer Buchproduktion eine andere Auffassung und vertrat diese dort auch engagiert. Im Verlag wertete ich die Tagung dann immer mit meinen Kollegen aus und erzählte diesmal, dass wir uns wegen der einen Geschichte gestritten hätten. Jemand musste das bei Ewald gepetzt haben, denn der bestellte mich sofort am nächsten Tag ein und mahnte: „Du hast nicht auszuwerten, wer was bei uns besprochen hat, sondern was beschlossen wurde. Dass wir uns gestritten haben, darf nicht Bestandteil deiner Auswertungen sein."

Ein paar Wochen später fand wieder Sekretariatssitzung statt, an der ich teilnahm und wieder kam es zu einem Disput zwischen Ewald und mir. Franz Rietz, einer der DTSB-Vize-präsidenten, rief mir zu: „Du musst doch ganz ruhig sein. Du hast doch schon beim letzten Mal eine Ansage von Manfred bekommen." Ewald widersprach energisch: „Ja, Franz, aber damit war der Fall für mich auch erledigt. Das hier ist eine neue Diskussion."

Demnach hast Du nie richtig Ärger mit Ewald bekommen?

Doch - ein einziges Mal. Auf der Leipziger Buchmesse im März 1988 hatte mich ein Westdeutscher Verleger angesprochen, ob wir nicht einen Bildband über Katarina Witt – exklusiv für ihre Eisrevue durch Westdeutschland – herausbringen könnten. Natürlich wollten wir das machen, schließlich ging es um ca. 8000 Exemplare für die wir harte Devisen bekommen würden. „Ich brauche das Buch aber im August", fügte er hinzu. Das war das eigentliche Problem, denn in der DDR wurden die Produktion von Büchern und Abläufe in den Druckereien sehr lange im Voraus geplant. Flexibilität war oftmals nicht möglich. Dennoch sagte ich: „Okay, das machen wir" und besiegelte es per Handschlag. Wir schafften es tatsächlich den wunderbaren Bildband „Katarina – Eine Traumkarriere auf dem Eis", rechtzeitig zu produzieren. Es war ein reines Exportprodukt und wurde in der DDR nicht verkauft.
Ich verbrachte gerade mit Jutta meinen Urlaub im Garten in Priort, als mich mein Stellvertreter Werner Schreier mit einem Besuch überraschte. „Mensch, Horst, da ist große Scheiße passiert. Hast du denn das Witt-Buch ohne eine Genehmigung herausgebracht? Für Dienstag wurde extra eine Parteileitungssitzung einberufen, zu der sogar der Ewald kommt!" Ich fuhr also aus dem Urlaub zurück, doch erst im Verlag begriff ich, was geschehen war. In vielen westdeutschen Zeitungen war das Buch über Katarina Witt rezensiert worden und machte überall positive Schlagzeilen. Da die Westpresse immer für die Politbüromitglieder ausgewertet wurde, bekam auch Egon Krenz, der im ZK mittlerweile für Sport verantwortlich war, davon Wind. Sofort

rief er bei Manfred Ewald an und fragte: „Hast du das eigentlich genehmigt?" Der antwortete überrumpelt: „Nein, Egon, ich kenn das Buch ja nicht einmal."

In der Sonderparteileitungssitzung wurde ich minutenlang niedergemacht, dass ich nicht nur den Sportverlag, den DTSB und alle Werktätigen der DDR betrogen hätte, sondern auch das komplette sozialistische Lager. Obwohl in dem Bildband nicht ein einziges böses oder verwerfliches Wort über unser Land stand – ganz im Gegenteil – hatte ich scheinbar den Weltfrieden aufs Spiel gesetzt. Ewald saß neben mir und ich flüsterte ihm ins Ohr: „Manfred, ich hab dir doch sofort nach der Messe einen Brief geschrieben und da du dich nicht geäußert hast, dachte ich, dass alles in Ordnung geht." Er antwortete: „Weißt du, wie viele Briefe mich am Tag erreichen? Du hättest mich einfach mal anrufen sollen." Eigentlich alles ganz simpel, doch in der DDR wurden oftmals aus Lappalien Dramen gemacht.

Im November 1988 wurde Ewalds Rücktritt aus gesundheitlichen Gründen bekannt gegeben und der Nachfolger vorgestellt. Doch auch mit Klaus Eichler, der von Egon Krenz vorgeschlagen worden war, konnte ich sehr gut zusammenarbeiten. Da er zuvor viele Jahre Generaldirektor des FDJ-Reisebüros „Jugendtouristik" gewesen war, verstand er eben auch, wie man einen Betrieb leitete – er hatte Ahnung von dem, was wir taten.

Hast Du auch Egon Krenz einmal getroffen?

Zu unserem 40-jährigen Betriebsjubiläum lernte ich ihn persönlich kennen. Unser Verlag sollte den Vaterländischen Verdienstorden in Gold bekommen, den uns Krenz überreichen würde. Es war klar, dass ich zu diesem Anlass eine Rede halten müsse. Wie es in der DDR offenbar üblich war, musste ich diese zuvor im Zentralkomitee der SED, Abteilung Sport, zum Absegnen einreichen. Mitarbeiter Rühmann sagte mir nach der Durchsicht: „Du, der Egon hört das Wort ‚Athleten' nicht so gern – mach da mal lieber ‚Sportler' draus." Obwohl das gegen meine Journalistenehre verstieß, da ich nun unzählige Wortwiederholungen im Text hatte, änderte ich die Passagen und gab sie wieder rüber. Als ich die genehmigte Rede abholte, fragte Rühmann: „Sag mal, wenn der Egon euch den Orden überreicht, musst du doch auch noch ein paar Dankesworte sagen." Ich nickte. Das war doch selbstverständlich. „Dann schreib die mal bitte auch auf und lass sie prüfen." So ein Schwachsinn – doch ich tat, wie mir geheißen.

Die Veranstaltung fand im großen Saal des Berliner Verlages statt. Vor der Tür traf ich Krenz und fragte ihn, ob er denn zu der kleinen Zusammenkunft kommen würde, die im Anschluss stattfand. Doch er erklärte mir, dass er dafür keine Zeit habe. Ich hielt also meine überprüfte Rede und las sogar die Dankesworte vom Zettel ab. Thomas Köhler, der Vizepräsident für Wintersport im DTSB, saß danach neben mir und sagte: „Die Worte zum Schluss hättest du ja wenigstens mal aus dem Stehgreif sagen können, Horst." Viel zu laut antworte ich: „Können ja, aber nicht dürfen." Die Idiotie an der Sache: ich war nicht der Einzige in unserem Land, dem das so erging. Abertausende mussten ihre Reden zuvor von zuständigen Stellen freigeben lassen. Wie viel unnütze Zeit damit verbracht wurde!

Mir erzählte mal ein Kollege, der eine Ansprache vorbereitet hatte, weil ein bedeutender Sportler den „Stern der Völkerfreundschaft in Gold" überreicht bekommen sollte, was ihm widerfuhr. Erich Honecker las den Text, machte ein „X" an die Seite und schrieb an den Rand „großer". Unser Staatsratsvorsitzende hatte also diese unwichtige Rede persönlich gelesen, um dann lediglich festzustellen, dass derjenige den „großen Stern der Völkerfreundschaft in Gold" erhielt.

Egon Krenz blieb dann doch noch zur anschließenden Verlagsfete, als er hörte, dass ich nicht nur die Funktionäre, sondern auch die Kraftfahrer, Putzfrauen und Aushilfen unseres Verlages eingeladen hatte. Das gefiel ihm.

Krenz löste letztendlich Erich Honecker als Staatsratsvorsitzenden ab. Die DDR war dennoch nicht mehr zu retten?

Nein. Schon 1990 hörte mein Land auf zu existieren. Der Niedergang mit den vorangegangenen Massenfluchten über Polen, Ungarn und die ČSSR und der spätere Mauerfall erfolgten jedoch in einem Tempo, das nicht nur mich vollkommen überraschte.

Honecker hatte kurz davor noch geschwafelt: „Wir weinen niemandem eine Träne nach, der unser Land verlassen will." Ich hatte mich entsetzt in der folgenden Parteiversammlung zu Wort gemeldet und gesagt: „Ich teile diese Auffassung nicht. Ich weine den Leuten Tränen nach, denn es kann doch nicht sein, dass wir hier den Sozialismus errichten wollen und so viele Leute unser Land verlassen." Dass ich dafür nicht zur Rechenschaft gezogen wurde, zeugte allerdings schon davon, dass wir am Scheideweg standen. Ein Parteiverfahren wäre üblich gewesen.

Mitte September 1989 waren wir zusammen mit den Senioren (ehemaligen Mitarbeitern) zu unserem jährlichen Betriebsausflug aufs Land aufgebrochen. In dem Ort und an der Kirche hingen große Aushänge mit Forderungen, die ein so genanntes „Neues Forum" verbreitete. Ich sagte zu meinen Kollegen: „Ich glaube, wir sollten lieber nach Berlin zurückfahren, wer weiß, was hier heute noch passiert." Alle stimmten mir zu und so brachen wir den Aufenthalt ab. Es war uns - im eigenen Land - zu gefährlich geworden, denn selbst die Menschen, welche die DDR nicht aus Wut und Enttäuschung verlassen hatten, begehrten nun auf.

Noch einen abschließenden Satz zum Ende unserer Republik: Ich wollte nicht, dass die DDR untergeht, denn ich baute sie ja maßgeblich mit auf. Seit ihrer Gründung hatte ich mich für einen gerechten und lebenswerten sozialistischen Staat auf deutschem Boden eingesetzt. Dass in diesem Land unzählige Fehler gemacht wurden und wir meilenweit von den einstmals gut gemeinten Zielen entfernt gewesen waren, bestreite ich allerdings nicht.

Das Herz schlägt links – Neustart in der Bundesrepublik

Beschreib doch einmal kurz, wie Du den Mauerfall erlebt hast.

Eigentlich sage ich heute immer, dass ich in der Nacht des 9. Novembers 1989 mit einer Ostbürgerin ins Bett gegangen war und mit einer Westdeutschen aufwachte. Richtig, die Wiedervereinigung fand zwar erst 1990 statt, aber mir war an jenem Morgen sofort klar: Das ist es gewesen!

Wie immer erinnere ich mich eher an Nebensächlichkeiten dieses Ereignisses, denn schon am Freitag (nach der Öffnung) scherzte ein Kollege: „Dann könnt ihr doch heute durch Westberlin zu eurem Garten fahren." Wir hatten bisher immer auf der Autobahn den Westteil der Stadt umfahren müssen, um nach Priort zu gelangen. Gleich am ersten Tag trauten wir uns das allerdings noch nicht. Dennoch beknieten mich „meine Frauen" (Jutta und ihre beiden Töchter Julia und Jenny), nachdem wir unsere Sachen ausgeladen hatten, solange, dass wir schließlich doch noch über die Grenze fuhren. Nach 100 Metern hatten wir bereits sechs Päckchen Kaffee durch die Fenster des Wartburgs gereicht bekommen und als wir bei Juttas Tante klingelten, erzählte sie uns, dass ihr Mann sofort gerufen hatte: „Das sind Jutta und Horst!"

In der nächsten Woche haben wir uns gemeinsam die 100 DM Begrüßungsgeld abgeholt und sofort einen Videorekorder davon gekauft. Obwohl ich Geld niemals leichtfertig ausgebe, waren wir uns familiär einig: so ein Ding wollten wir schon immer haben. Die Verlockungen der westlichen Konsumwelt gingen auch an mir nicht spurlos vorbei. Dennoch war es peinlich, wie sich einige DDR-Bürger benahmen. Man musste nicht alles eifrig aufsammeln, was da von den Lkw's herunter geworfen wurde.

Wie ging es beruflich weiter?

Für den Sportverlag Berlin war der überraschend schnelle Umbruch natürlich Gift Im Gegensatz zu vielen maroden und ineffizienten volkseigenen Betrieben waren wir wirtschaftlich gesund. Wir hatten ein gutes Know-how, angesehene

Produkte – wie gesagt: jedes vierte Buch wurde außerhalb der DDR verkauft - und patente Mitarbeiter.

Doch ich fühlte mich der Sache nicht mehr gewachsen. Im Mai 1990 wurde ich 65 und ich hatte bereits im Vorfeld beschlossen, einen Nachfolger aufzubauen, der sich um die zukünftigen Belange unseres Unternehmens kümmern sollte. Außerdem hatte ich zugegebenermaßen Sorge, mit falschen Entscheidungen, die Zukunft des Verlages aufs Spiel zu setzen. Es war ja sowieso klar, dass ich bald in Rente gehen würde und da wollte ich nicht, dass es später hieß: „Erst hat der hier alles an die Wand gefahren und dann ist er in den Ruhestand verschwunden." Ich wollte keine Verträge mehr unterzeichnen und bestand darauf, dass man mich aus meiner Verantwortlichkeit entließ. Das war auch ein bisschen eine Flucht, denn ich ahnte bereits, dass es nicht einfach werden würde.

Anfang 1990 war ich zusammen mit dem Chefredakteur des Sportechos noch der Einladung des Springer-Verlages nach Hamburg gefolgt. Die wollten mit uns ein „Joint Venture" eingehen und hofierten uns fürstlich. Die ersten Anzeichen großer Enttäuschung sah ich in ihren Gesichtern als ich sagte: „Sie sind ja bestimmt an unseren Abonnement-Listen interessiert, aber wir haben keine." Tatsächlich war es so, dass nur die Post die Adressen unserer hunderttausenden Leser kannte. Wir hatten ihnen jahrelang lediglich die Zeitungen und Zeitschriften geliefert und nie geahnt, dass diese Adressen einmal viel Geld wert seien würden.

Mitten in unsere Sitzung in Hamburg kam ein aufgeregter Anzeigenmann geplatzt und brüllte einen Herren (scheinbar aus der Redaktion) an: „Wir haben euch doch schon 13 Seiten Text erlaubt, jetzt kriege ich die Anzeigen nicht mehr unter." Ich sah zu meinem Kollegen und ahnte, dass die Westpresse auch in dieser Hinsicht ganz anders funktionierte.

In einer großen Veranstaltung im Hause des Berliner Verlages warben die Springer-Leute dann auch bei unserer Belegschaft dafür, dass sie der Zusammenarbeit zustimmen sollten. Ich hatte die Verantwortlichen allerdings vorherausdrücklich gewarnt, dass ich vor allem die „Bild-Zeitung" bei

uns in all den Jahren immer als besonders schlimmes Beispiel der westdeutschen Presselandschaft dargestellt hatte.
Die waren darüber nicht einmal böse und nahmen es schul-
terzuckend zur Kenntnis.

Wie ist die Sache mit der Übernahme ausgegangen?

Um es abzukürzen: den Sportverlag und das Deutsche
Sportecho gibt es schon lange nicht mehr und lediglich die
Fußball-Woche und unsere Schachzeitschrift haben auf be-
scheidenem Niveau in der Bundesrepublik überlebt. Noch
heute ärgere ich mich darüber, dass wir damals den Buch-
und Zeitschriftenverlag nicht einfach getrennt hatten. Unsere
Bücher waren weltweit anerkannt und hätten – vielleicht in
Zusammenarbeit mit einem westdeutschen Sportbuchverlag
– eine reelle Chance auf dem gesamtdeutschen Markt gehabt.
Einige mittelständische Unternehmen hatten großes Interesse bekundet, doch da war der Verlag längst schon vom
Springerkonzern geschluckt worden.

Letztendlich ist es aber müßig darüber zu spekulieren und
ich will auch nicht jammern. Es wurden Fehler gemacht, die
man heute nicht mehr ändern kann. Glücklicherweise sind
viele meiner ehemaligen Kollegen in anderen Medienunter-
nehmen untergekommen.

Bei Treffen, die wir Sportverlags-Leute bis heute abhalten,
sagen noch einige manchmal: „Mensch, Horst, wärst du doch
damals noch geblieben!" Das rührt mich zwar, doch ich bin
mir sicher, dass ich es nicht besser gemacht hätte. Wir hatten
in den Anfängen der 90er Jahre einfach alle keine Ahnung,
wie das neue Wirtschaftssystem funktionierte und mussten
Probleme lösen, die wir nicht kannten.

Bist Du persönlich in ein Loch gefallen?

Der Sportverlag war mein Leben. Mir hatte immer vorge-
schwebt, dass ich, wenn ich eines Tages im Verlag aufhöre,
dort immer mal noch vorbeischaue. Dass ich den neuen Chef
berate, ihm hilfreiche Tipps gebe und eventuell auch mal
ein Buch schreiben würde, wofür ich all die Jahre keine Zeit

gehabt hatte. Ich hätte mir auch vorstellen können, von zu Hause aus, ein oder zwei Werke pro Jahr zu planen, doch kurz nach der Wende wollte man von ostdeutscher Sportliteratur im vereinten Deutschland erst einmal nichts mehr hören. Ich war raus; saß gelangweilt zu Hause und musste Däumchen drehen. Das traf mich schon.

Du warst ja noch immer SED-Mitglied. Hast Du jemals überlegt auszutreten?

Ich war 1945 weder in die KPD eingetreten, weil ich das musste, oder weil ich mir davon Vorteile versprach, noch habe ich 1989 meine SED-Mitgliedschaft gekündigt. Gregor Gysi drückte das einmal in etwa so aus: „Wir waren einmal rund 2,3 Millionen Mitglieder und jetzt sind wir unter 100 000. Alle anderen sind aus den gleichen Gründen ausgetreten, aus denen sie vorher einmal eingetreten waren. Es schien ihnen nützlich!"

Also hast Du Dich auch nach 1990 weiterhin politisch engagiert?

Ich bin nun schon in der sechsten Partei, denn ich war Mitglied der KPD, SED, SED-PDS, PDS, der Linkspartei PDS und engagiere mich nun bei der Partei: „Die Linke". Die Anfangsjahre waren jedoch nicht einfach. Die Partei hatte sich von der Organisationsform der Betriebsgruppen gelöst. Es wurden nun Wohngruppen gebildet.

Natürlich konnte ich es wieder einmal nicht lassen und übernahm das „Kommando" in unserem Elfgeschosser in Marzahn und gleich noch für das Nachbarhaus. Zu Beginn meiner Arbeit wurde mir die Richtigkeit der Gysi-Worte schmerzhaft bewusst. So mancher Genosse, der mich in den vergangenen Jahren sofort angezählt hätte, wenn bei offiziellen Feiertagen nicht gleich am frühen Morgen die DDR-Fahne auf unserem Balkon flatterte, erteilte mir nun eine Abfuhr. Als ich in den Blöcken zur Gründungsversammlung einladen wollte, sagten etliche nur folgende vier Worte: „In Zukunft ohne mich!"

Dennoch bekamen wir ein paar Leute zusammen und ich wurde Sprecher der Gruppe. Mein unmittelbarer Wohnungsnachbar, der in jener Zeit bereits Mitarbeiter der Geschäftsstelle unserer Partei in Marzahn war, bat mich bei der Schaffung eines Informationsblattes mitzuwirken.

„Natürlich", antwortete ich begeistert und innerhalb kürzester Zeit schufen wir ein Infoblatt, welches noch heute, also im 21. Jahrgang, unter dem Namen „Marzahn-Hellersdorf links" monatlich erscheint. Anfangs schrieb ich in jeder Ausgabe einen ganzseitigen Artikel unter der Überschrift „Anmerkungen zur Bezirksverordneten-Versammlung".

Da ich im Blatt noch weitere Beiträge schrieb, zeichnete ich diese „Anmerkungen" mit „H.B.J." ab. Dies waren die Anfangsbuchstaben meiner tatsächlichen Vornamen: Horst, Bruno, Julius. Doch der Chefredakteur machte daraus „H. Bejot". Das Kuriose daran war, dass mich viele Mitglieder aller Parteien bald so ansprachen bzw. mich nur unter diesem Namen kannten. Letztendlich ermöglichte mir das quasi von außen und ohne „Parteibrille" die Leser zu informieren. Das brachte mir nicht immer freundlichen Beifall von den Parteikollegen ein, denn ich erlaubte mir natürlich auch, kritische Worte zum Verhalten meiner Genossen in den BVV-Sitzungen zu verfassen.

Als ich am 7. Januar 2001 als so genannter „Nachrücker" selbst in die Fraktion gewählt wurde, stellte ich das Schreiben dieser „Anmerkungen" ein. Als Mitglied der Fraktion konnte ich nun Verbesserungsvorschläge, Ideen und Kritik vor Ort anbringen. Ich musste nicht mehr darüber schreiben, was in Marzahn-Hellersdorf getan werden müsse, sondern konnte vor allem soziale und sportpolitische Projekte in unserem Bezirk aktiv anstoßen, begleiten und umsetzen. Schon damals, mit 75 Jahren, nannte man mich scherzhaft „unser jüngstes Fraktionsmitglied" und in der darauf folgenden Wahlperiode eröffnete ich erstmals als „Alterspräsident" die konstituierende Sitzung der neu gewählten BVV. Was ich dort in den letzten Jahren bewirkt habe, müssen letztendlich andere Personen beurteilen. Ich kann Dir nur versichern, dass ich mich immer für ein sozial gerechtes und lebenswertes Deutschland eingesetzt habe.

134

Nachwort

Richtig, die von meinem Großvater geäußerten Ansichten entsprechen nicht immer meiner persönlichen Meinung, aber sie sind ehrlich und authentisch und daher auch für mich größtenteils plausibel. Ich ließ ihn hier einfach ausreden und bewundere ihn vor allem dafür, dass er seine Ideale nicht verraten hat.

Natürlich konnte ich nicht sein komplettes Leben abbilden, denn er ist ein „Geschichtsbuch auf zwei Beinen", über dessen Erlebnisse man sicherlich ein dreibändiges Werk verfassen könnte. Wir haben uns daher auf ein paar markante Eckpfeiler seines Weges konzentrieren müssen.

Obwohl er ausgesprochen gesund und geistig fit ist, war ich oftmals überrascht, mit welcher Genauigkeit er sich an bestimmte Ereignisse, Namen oder Orte erinnern konnte. Dennoch kann es natürlich möglich sein, dass sich an der einen oder anderen Stelle Flüchtigkeitsfehler eingeschlichen haben. Ich bitte dies zu entschuldigen und werde Unstimmigkeiten, wenn nötig, in einer kommenden Auflage bereinigen.

Am 18.09.2011 wurde mein Opa mit 86 Jahren zum vierten Mal in die Bezirksverordneten-Versammlung von Marzahn-Hellersdorf gewählt. Er ist damit einer der ältesten Volksvertreter Berlins und wahrscheinlich sogar unseres Landes. Allerdings bin ich mir sicher, dass er sich darauf nichts einbildet, sondern lapidar sagen würde:

„Das ist ALLES GANZ SIMPEL!"

Mark Scheppert

Mauergewinner oder ein Wessi des Ostens

30 vergnügliche Geschichten aus dem Alltag der DDR

228 Seiten

Edition BoD

ISBN 978-3-8391-9250-4

www.markscheppert.de

Als Mark Scheppert diese Geschichten zu schreiben begann, hatte er sich vorgenommen, stellvertretend für seine Generation etwas Neues und Einzigartiges über die DDR zu schreiben. Denn seltsam: In keinem der angeblich so „typischen" literarischen Denkmälern für dieses verschwundene Land fand er sich wieder. Er gehörte auch nicht zu der Generation von „Zonenkindern" und wohnte in keiner „Sonnenallee" und in keinem „Turm". Seine Jugend, seine Auseinandersetzung mit diesem seltsamen Ort namens DDR, seine Erfahrungen und seine Kämpfe, kamen nirgendwo vor. Und erst recht nicht das Gefühl, das er mit dieser Zeit verband. Komisch. War er so ein Sonderfall?

Faulig-feuchte Klamotten, eiskalte Füße und unzählige Sorten Alkohol: Mark Schepperts Erinnerungen an seine DDR-Kindheit in der Kleingarten-Parzelle sind düster. Komisch nur, dass die Fotos im Familienalbum eine ganz andere Geschichte erzählen.

Spiegel Online

Es ist wirklich eine Bereicherung, den „Mauergewinner" zu verschlingen und es macht großen Spaß, auch mal einen vergnügten Blick auf diese DDR zu werfen.   kadekMedien

Mark Scheppert

90 Minuten Südamerika

160 Seiten
BoD GmbH
ISBN 978-3-8423-5336-7

www.markscheppert.de

Mark Scheppert nimmt uns mit auf eine einzigartige Reise durch Lateinamerika und lässt uns an einer ganz besonderen Suche teilhaben. Auf seinen abenteuerlichen Trips durch Argentinien, Brasilien, Bolivien, Chile, Guatemala, Kolumbien, Mexiko, Paraguay, Peru und Venezuela verändert sich in zwanzig Jahren nicht nur die Welt um ihn herum, sondern auch sein Heimatland. Parallel dazu entwickelt sich eine Beziehung zum Fußball, die 1990 ablehnend beginnt, in jugendliche Schwärmerei umschlägt und in euphorischer Begeisterung mündet.

Die facettenreichen, mal lustigen, mal berührenden Anekdoten lassen Erinnerungen an große Lieben, Freundschaften, Enttäuschungen und Sehnsüchte lebendig werden. Mit einer Sprache, die nicht nach Reiseführer und Merian-Heft schmeckt, versucht Scheppert, den Leser mit dem Südamerika-Virus zu infizieren und ihn auf die Fußball-WM 2014 in Brasilien einzustimmen.

„90 Minuten Südamerika" ist eine Art nonfiktiver Coming-of-Age-Roman, in dem der Fußball sukzessive stärker in den Fokus rückt. Schepperts Berichte sind keine abgehangenen Weisheiten, sondern großartig geschriebene Momentaufnahmen einer riesigen Weltkarte. 11 Freunde - Magazin für Fußballkultur

Blond, deutsch und Fußball-Fan: So zieht man in Paraguay schnell die Blicke auf sich. Besonders dann, wenn man beim 1:0 für die Heimat vor Glück einen ganzen Häuserblock zusammenbrüllt – und dem Gastgeber später bei einer WM im Armdrücken doch noch zum Sieg verhilft." Spiegel Online

Biografieservice

Mit diesem Buch ist meine „Schwarz-Rot-Gold-Trilogie" nun abgeschlossen. Das Gesamtwerk wird demnächst auch als Ebook im Handel erhältlich sein.

Zeit also für neue – „Ihre" – Projekte!

Aufgrund des Erfolges meiner beiden ersten Bücher (der „Mauergewinner" stand sogar für mehrere Wochen auf Platz 1 der BoD-Bestsellerliste) habe ich beschlossen, das Schreiben nicht gleich wieder aufzugeben.

Gerne würde ich daher weitere spannende Geschichten aufbewahren und teilen. Falls Sie also **Ihre Biografie in einem Buch** festhalten möchten, fordern Sie bitte ein unverbindliches Angebot an: **buch@markscheppert.de**

Falls Sie Bekannte oder Verwandte im englischsprachigem Raum haben, können Sie ihnen gerne das Ebook „Generation Wall" empfehlen.

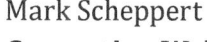

Mark Scheppert
Generation Wall
Format: Kindle Edition
Sprache: Englisch
ASIN: B0050YKZNI

www.markscheppert.de

Darin enthalten sind 15 vergnügliche Geschichten aus dem Alltag der DDR – übersetzt von Katharina Schmidt aus meinem Buch „Mauergewinner oder ein Wessi des Ostens".